ももんじや

御助宿控帳

鳥羽　亮

朝日文庫

本書は書き下ろしです。

目次

ももんじや

御助宿控帳

第一章　居候

1

「旦那！　ももんじの旦那」

廊下で、男の声がした。膏薬《こうやく》売りの助八《すけはち》の声である。

その声で、百地《ももち》十四郎《じゅうしろう》は目を覚ました。障子に目をやると、春の陽射しを映じて白くかがやいている。陽は高いようだ。五ツ半（午前九時）ごろであろうか。すこし寝過ごしてしまったようだ。昨夜、遅くまで、飲んだせいだろう。十四郎には、ももんじの異名があった。姓が百地であり、しかも百獣屋《ももんじや》に居候《いそうろう》していたからである。ただ、直接十四郎にむかって、ももんじと呼びかけるのは、助八ぐらいである。

「旦那、まだ、寝てるんですかい。いいかげんにしてくださいよ」

助八の声がとがってきた。

助八は三十がらみ。医師が薬を入れるようなはさみ箱に膏薬を入れ、町筋を売り歩く膏薬売りだが、百獣屋に入り浸り、半分居候のような男である。ひょうげ者で、丸い目をし、口先をとがらせてしゃべる癖がある。

「おお、起きてるぞ」

十四郎は夜具から起き上がると、めくれ上がった袷《あわせ》の裾を伸ばし、座敷の隅の衣《い》桁《こう》にかけてあった袴をはいた。昨夜、面倒なので袴だけ脱ぎ、袷のまま掻巻《かいまき》にくるまって寝てしまったのだ。

「旦那、大変ですぜ。早く、出てきてくだせえ」

助八が、声をつまらせて言った。

「朝めしの支度ができたのではないのか」

十四郎は百獣屋の居候で、二階に寝泊まりしていた。朝めしは、階下の客用の飯台で食うことが多かったのだ。

十四郎は二十五歳。二百石を喰む旗本、百地家の三男坊だった。ただし、妾腹である。当主の惣左衛門《そうざえもん》が女中に手をつけて産ませた子であった。しかも、母親のおときは、十四郎が七つのときに病死してしまった。そのため、子供のころから、十四郎は百地家の子というより、家臣の子のような扱いを受けてきた。

ただ、惣左衛門はそんな十四郎を不憫《ふびん》に思ったのか、十歳を過ぎると、本郷の屋敷近くにあった北辰一刀流、町田伝次郎《まちだでんじろう》の道場に通わせてくれた。町田は千葉周作《ちばしゆうさく》の高弟だった男で、本郷に町道場をひらいていたのである。惣左衛門にすれば、行く末十四郎の面倒は見られないので、せめて剣術で身をたてさせたいと思ったのかもしれない。どういうわけか、十四郎は剣の天稟《てんぴん》があった。くわえて、剣術の稽古は好きだった。そうしたこともあって、二十歳ごろになると、道場の師範代からも三本のうち一本はとれるほどになった。そして、神田お玉ケ池にあった千葉周作の道場、玄武館《げんぶかん》に出稽古にいっても、門弟たちが一目置くほどの腕になったのである。

このままいけば、北辰一刀流の遣《つか》い手として剣名を上げ、道場主としてやっていけるだろうと期待されたが、二十二歳のときにつまずいた。兄弟子に誘われて賭け試合をやり、しかも打ち負かした相手に恨まれて襲われ、はずみで斬り殺してしまったのだ。

このことが道場主の町田に知れて、十四郎は破門になった。その後、自堕落な暮らしがつづくようになり、百地家にはいられなくなって、百獣屋に入り浸るようになったのである。

「朝めしどころじゃァねえ。喧嘩ですぜ、喧嘩！」

助八が、廊下で地団太を踏んでいる。

「店で喧嘩か」

ときおり、酒を飲んだ客が店内で喧嘩をすることがあった。それにしても早い。まだ、酒を飲んでいる客はいないはずだが……。

「店の前の通りで、大勢のお侍が斬り合っていやす。旦那、早く！」

「大勢の侍がな」

店にはかかわりがなさそうだが、ただの喧嘩とはちがうようだ。ともかく、見てみようと十四郎は思った。

十四郎が刀を手にして障子をあけると、助八が、慌てて階段を下りた。助八につづいて階段を下りると、店の戸口のそばに四人立って外を覗《のぞ》いていた。あるじの茂十《もじゆう》、茂十の孫娘のおはる、店の若い衆の泉吉《せんきち》、それに手伝いのおまさである。

「十四郎さま、いいところへ。さ、見て！」

戸口のところに立っていたおはるが、慌てて身を引いて通りを指差した。

おはるは十五歳。色白の可愛い娘なのだが、まだ、子供らしさが抜けず、しかも、酒飲みで荒っぽい客たちのなかで育ったせいか、男勝りのおてんばである。

おはるが指差した先を見ると、二十間ほど離れた通りで、四人の武士が男女ふたりを取りかこんで切っ先をむけていた。いずれも羽織袴姿で、御家人か江戸勤番の藩士といった格好である。取りかこまれているのは、旅装の若い武士とまだ少女のような娘だった。若い武士は十五、六歳であろうか。面長でほっそりした体である。刀を青眼《せいがん》に構えてはいたが、へっぴり腰で、顔が蒼《あお》ざめている。娘は妹であろうか。まだ、十三、四歳だった。目をつり上げ、必死の形相で懐剣を構えている。

「あれじゃァ相手にならねえ。すぐに、斬られちまうな」

茂十がしゃがれ声で言った。

茂十は還暦を過ぎた老齢である。大柄で、大樽のようにでっぷり太っていた。髭もじゃで眉が濃く、ギョロリとした目をしていた。顔がやけに大きく、頰や顎《あご》の肉がたるんでいる。

茂十は、ももん爺《じい》と呼ばれていた。百獣屋の爺さんということだろうが、その風貌が熊や猪《いのしし》を連想させたからであろう。

「十四郎さま、助けてやって！」

おはるが、茂十の脇から声を上げた。

おはるは可愛い娘だが、茂十の血を引いたせいか、眉の濃いところや丸い大きな目がどことなく茂十に似ていた。ふたりが並んでいると巨熊と子兎のようだが、その顔を見ると、茂十の孫娘であることも納得できるのだ。

「若い娘が、斬られるのを見てはいられんな」

十四郎は大刀を一本腰に差して戸口から出ると、斬り合っている集団に走り寄った。路傍《ろぼう》には、通りすがりの野次馬や付近の店から出てきた奉公人や客などが大勢いて、ももんじの旦那だ、十四郎さまだよ、などという声が上がった。十四郎のことを知っている者が何人かいたのである。

「待て、待て！」

十四郎は声を上げて、切っ先を向け合っている集団のなかに割り込み、旅装の男女の脇に立った。

「な、なんだ！　おぬしは」

歳《とし》は三十代半ばであろうか、長身瘦軀《そうく》で鼻梁の高い男だった。その顔に、驚きと怒りの色がある。

「通りすがりの者だが、大道で斬り合うなど、やめてもらいたいな。それに、相手はまだ子供のようではないか」

十四郎が言った。物言いは牢人ふうで乱暴だが、澄んだおだやかな声である。

「おぬしにかかわりはない。下がっていてもらおう」

長身の男が恫喝《どうかつ》するように言った。どうやら、この男が取りかこんだ武士たちの頭格らしい。

「そうはいかん」

十四郎は、旅装の男女を振り返って、どうかな、助勢してもいいかな、と訊《き》いた。ふたりが拒否すれば、そのまま引き下がるつもりだった。

「ど、どなたか存じませぬが、お助けください！」

兄らしい男が声を震わせて言った。よほど恐ろしいと見えて、体が激しく顫《ふる》えている。娘は黙っていた。若い男とはちがって、気丈らしい。顔が蒼ざめてはいたが、懐剣を胸の前に構えて、取りかこんだ男たちを睨《にら》みつけている。

「聞いたとおりだ。おれは、このふたりに助太刀する」

十四郎は、刀の柄に手を添えた。

「な、なに！　かまわぬ、この男も斬ってしまえ」

長身の男が、声を荒立てて言った。

その声で、三人の武士がいっせいに切っ先をむけてきた。

「ふたりは、すこし下がっていてくれ」

十四郎は、旅装のふたりを路傍に下がらせてから抜刀した。刀をふるう間が欲しかったのである。

十四郎は青眼に構えた。切っ先がかすかに上下している。北辰一刀流の鶺鴒《せきれい》の尾《お》と呼ばれる独特の構えである。一瞬の太刀捌《さば》きを迅《はや》くするためと、剣尖《けんせん》の動きで斬撃の起こりを敵に読まれないために切っ先を動かすのだ。

十四郎は百獣屋の居候だが、端整な顔立ちをしたすずやかな好青年だった。さらに、剣を構えるとひきしまった顔になり、そのまま役者にしてもいいような男前に見える。ただし、暮らしぶりと物言いは、ももんじの旦那と呼ばれるにふさわしい自堕落で伝法なものだった。

2

十四郎と対峙したのは、小太りで顔の浅黒い男だった。歳は三十がらみ。猪首で胸が厚い。手足も太そうだった。武芸で鍛えた体のようである。

構えは青眼だった。剣尖がぴたりと十四郎の目線につけられている。

──なかなかの遣い手だ。

と、十四郎は読んだ。

十四郎は、すばやく四人の間合と構えを見てとった。

左手に面長の男がいた。構えは八相である。それほどの遣い手ではないようだ。腰が据わっていない。

右手の丸顔の男も青眼に構えていた。この男の腕もたいしたことはない。十四郎にむけられた切っ先が揺れていた。気の昂《たかぶ》りで体が顫えているのである。

頭格と思われる長身の男は、三人の後方にいた。十四郎を取りかこんだ三人の動きを見てから、斬り込んでくるつもりらしい。

——初手は八相か。

十四郎は見てとった。

左手の八相に構えた男が一足一刀の間境に迫っていた。全身に斬撃の気がみなぎっている。

——二の手は正面だな。

対峙した男にも、斬り込んでくる気配が見えた。右手の男には斬撃の気配がない。十四郎は左手と正面から連続して斬り込んでくると見た。

と、左手の男が半歩踏み込んだ。そのとき、八相に構えた刀身が、キラッ、とひかった。斬り込もうとして刀身をわずかに引いた瞬間、春の陽を反射《はね》たのである。

刹那、十四郎の体が躍動した。

イヤァッ！

鋭い気合を発しざま左手に体を反転させ、逆袈裟《ぎゃくげさ》に刀身を撥《は》ね上げた。

ほぼ同時に、左手にいた男が八相から斬り込んできた。

二筋の閃光が合致し、キーン、という甲高い金属音とともに左手の男の刀身が跳ね上がった。十四郎の逆袈裟の太刀が撥ね上げたのである。

次の瞬間、左手の男が体勢をくずしてよろめいた。十四郎の強い斬撃に押されたのである。間髪をいれず、十四郎は二の太刀をふるうべく、左手の男のふところに踏み込んだ。連続した俊敏な動きである。

そのとき、正面にいた小太りの男が動いた。

十四郎が踏み込んだ一瞬の隙をとらえて斬り込んできたのだ。青眼から踏み込みざま袈裟へ。切っ先が稲妻のように十四郎の肩先を襲う。

瞬間、十四郎は左手にいた男の胴を浅く払いながら右手へ跳んだ。神速の体捌きである。間一髪。小太りの男の切っ先が十四郎の肩先をかすめて流れた。

ギャッ！　という悲鳴を上げ、左手にいた男がのけ反《ぞ》った。十四郎の一撃が、腹を浅く薙《な》いだのである。

十四郎の動きは、それでとまらなかった。流れるような体捌きで反転すると、小太りの男の手元へ突き込むような籠手《こて》をみまった。

と、小太りの男の前腕が裂け、血が噴いた。見る間に右腕が朱に染まっていく。男は低い呻《うめ》き声を上げて、後じさりした。顔が驚愕《きょうがく》と恐怖にゆがんでいる。十四郎がこれほどの遣い手とは、思わなかったにちがいない。

後方にいた長身の男の顔にも驚怖の色がある。斬り込んでくる気配はなく、刀を青眼に構えたまま身を引いて十四郎との間を取った。

「まだ、やるか」

十四郎は、切っ先を長身の男にむけた。

「おぬし、何者だ」

長身の男が誰何《すいか》した。

「見たとおりの牢人だ」

十四郎は名乗るつもりはなかった。

「いずれ、この礼はさせてもらうぞ」

長身の男は、引け、と言いざま反転した。つづいて、他の三人もいっせいにその場から逃げだした。腹と右手を斬られたふたりも、傷口を押さえて逃げていく。十四郎は相手に致命傷を与えぬよう、浅く斬ったのである。

十四郎が刀を納めると、旅装の男女がおずおずと近寄ってきた。

「お助けいただき、なんとお礼を申してよいか……」

兄らしい男が、震えを帯びた声で言った。

あらためて見ると、男は右の前腕を斬られていた。手甲が裂けて血に染まっている。十四郎があらわれる前に、敵刃を受けたようである。ただ、浅手のようだった。それほど出血も多くはない。

娘もそばに来て礼を言ったが、まだ、顔をこわばらせて懐剣を握りしめていた。長旅で顔がすこし陽に灼《や》けていたが、うりざね顔の美人だった。並んでいるふたりの顔を見ると、額のひろい鼻筋の通った顔立ちがよく似ていた。やはり、兄妹らしい。

「その店で、手当てしていかれたらどうかな」

十四郎は百獣屋を指差した。

茂十は下手な医者より、傷の手当てがうまかった。それに、血止めの金創膏《きんそうこう》や晒《さらし》なども用意してあるはずだ。

それというのも、茂十は百獣屋のあるじの顔だけでなく『万御助人《よろずおたすけにん》』の元締めとしてのもうひとつの顔も持っていたのだ。ただ、元締めといっても頭ではなく、仲介役的な色合いが強かった。万御助とは妙な仕事だが、簡単に言えば、金で請け負って人助けをするのである。喧嘩の仲裁、商家の揉め事、家出人探し、敵討《かたきう》ちの助太刀、警護等々、「助けて欲しい」と頼まれたことで、自らが科人《とがにん》になるような恐れのないことならなんでも引き受ける。金にはなるし、助けた人には喜ばれるし、こんないい商売はないのだが、よほど腕に覚えがないと務まらない命懸けの仕事ではある。ただ、万御助人と呼ぶ者はなく、通常御助人と呼ばれていた。それに、公《く》事宿《じやど》のように依頼人を泊めることもあったので、百獣屋を御助宿と呼ぶ者もいた。

十四郎は、御助人のひとりであった。そうしたこともあって、十四郎は百獣屋に居候していたのである。

「かたじけのうございます」

若い武士は負傷した右手を左手で押さえながら百獣屋に足をむけた。娘もこわばった顔で跟《つ》いてくる。

3

店の戸口の脇に、『山くじら』と記された看板が出ていた。山鯨は猪の肉のことである。腰高障子には、牡丹と紅葉《もみじ》の文字が記されていた。牡丹は猪肉で、紅葉は鹿肉のことである。

百獣屋は獣肉屋とも書き、猪と鹿の肉を主に食べさせる店だが、それだけでなく兎や狸などの肉も扱っていた。まさに、百獣屋なのである。

百獣屋、洲崎屋《すざきや》は浅草駒形町にあった。駒形堂から数町離れた路地の一角である。洲崎屋という店名はあるじの茂十が深川洲崎の生まれだったことから、若いころつけたらしい。ただ、洲崎屋と呼ぶ者はなく、駒形町の百獣屋で通っていた。

茂十は洲崎にいるころ、界隈では顔を利かせていた地まわりだったらしいが、倅《せがれ》の与助《よすけ》がお勝《かつ》という女房をもらい、おはるが生まれて三年ほどしたとき、やくざ者の恨みを買って与助が殺されてしまった。そのことで、茂十は地まわりから足を洗い、お勝と孫娘のおはるを連れて駒形町へ来てちいさな百獣屋をひらいたのである。おはるが七つのときにお勝が流行病《はやりやまい》で急逝し、その後は茂十ひとりの手で、おはるを育ててきたのだ。

「ここだよ」

十四郎は、兄妹を百獣屋に連れていった。

ふたりは戸口に立ちどまり、店内に目をやった。その顔に、驚きと戸惑うような表情が浮いていた。百獣屋を見るのは初めてなのかもしれない。この時代（天保年間）、獣肉は穢《けが》れがあると思われ、それを信じている者もすくなくなかった。

店内には血なまぐさい臭いがただよっていた。戸口の脇には、猪の片股と兎が二羽ぶらさがっている。

土間の隅には、獣肉を切る大きな台が据えられ、その脇には古傘が積んであった。傘の紙には油が塗ってあるので、これに生肉を包んで客に売っていたのだ。

土間には大きな床几《しょうぎ》が置いてあり、店内で飲食を望む者には酒も出した。鍋で煮た獣肉を肴《さかな》につつきながら、酒を飲むのである。

十四郎が兄らしい武士を土間の床几に座らせると、

「わしが、手当てしてやろう」

茂十がそう言って、武士の傷口を見た。

まだ、盛んに出血していた。ただ、それほどの深手ではない。傷は五寸ほどもあったが、浅く皮肉を裂かれただけである。

「たいしたことはないな。ま、血さえとまれば、刀も遣えるわい」

茂十はつぶやくように言って、手当てを始めた。

慣れた手つきである。それに、手当てといっても、傷口を酒で洗って金創膏を塗った布をあてがい、晒を巻くだけである。

十四郎は別の床几に腰を下ろし、茂十が手当てをするのを見ながら、

「まだ、おぬしの名を聞いてなかったな」

と、若い武士に声をかけた。

十四郎は兄妹に多少の興味を持っていた。武家の兄妹の旅姿は、めずらしかったからである。

十四郎の後ろには、おはると助八がいて、やはり兄妹に好奇の目をむけていた。

助八は、まだ独り者である。小柄で丸顔、小鼻が張っている。狸に似た愛嬌のある顔をしていた。

「わたしは、出羽国滝園《たきぞの》藩家臣、井川泉之助《いがわせんのすけ》にございます」

泉之助が名乗ると、脇に腰を下ろしていた娘が、

「妹、ゆきにございます」

と言って、ちいさく頭を下げた。

やはり、ふたりは兄妹であった。出羽から江戸までふたりで旅してきたらしい。

「おれは、百地十四郎。ももんじではないぞ、ももちだ」

十四郎が念を押すように言った。

助八が、十四郎の後ろでうす笑いを浮かべている。

「それで、ふたりを襲ったのは、何者なのだ」

十四郎が訊いた。

「そ、それが、わが藩の者なのです」

泉之助が声をつまらせて言った。

「どういうことなのだ」

「わたしにも、事情が分からないのです。われら兄妹は奥州街道で江戸に入ったのでございますが、どういうわけか、あの者たちが駒形堂の前でわれらを待っていて、ふいに襲ってきたのです」

泉之助が困惑したように顔をゆがめた。ゆきの顔にも困惑と不安の色があった。兄妹にも、なぜ襲われたか分からないらしい。

「なにゆえの旅なのだ」

十四郎が訊いた。兄妹だけの出府となると、特別な事情があるはずである。

「そ、それは……」

泉之助が口ごもり、チラッとゆきの方に目をやった。すると、ゆきがけわしい顔で首を横に振った。兄上、迂闊《うかつ》に話してはなりませぬ、そう目で言ったようだ。兄は軟弱でどことなく頼りなげだが、それに反して妹の方は気丈夫らしい。

「い、いろいろ事情がございまして……」

泉之助は語尾を濁した。得体の知れぬ者には話せないということらしい。

「いらぬ詮索は、やめよう。……ところで、これからどこへ」

十四郎が、行き先を訊いた。

「ひとまず、藩邸に草鞋《わらじ》を脱ぐつもりでおります」

泉之助によると、滝園藩の上屋敷が愛宕下《あたごした》にあり、そこにいる縁戚の藩士の許を訪ねるつもりでいるという。

「そうか」

十四郎も、それ以上は訊かなかった。

いっときして、茂十の手当てが終わると、井川兄妹はあらためて十四郎に礼を言って百獣屋から出ていった。

ふたりの姿が戸口から消えると、十四郎は茂十に身を寄せ、

「茂十、朝めしを頼めるかな」

と、訊いた。十四郎はまだ朝めしを食っていなかったのだ。

「すぐに、支度しやしょう。その前《めえ》に、山鯨で一杯やりやすかい」

茂十が、顎をつつんだ濃い髭を撫でながら訊いた。

「やめておこう。朝から酔ってるわけにはいかんからな」

さきほどの斬り合いで体を動かしたので、昨夜の酔いが消え、やっとすっきりしたところだったのだ。

4

「旦那！　ももんじの旦那」

階下で、十四郎を呼ぶ声が聞こえた。助八である。

十四郎はやることもないので、二階の座敷で一眠りしようかと思い、横になったところだった。

八ツ半（午後三時）ごろらしい。階下からは、茂十の声が聞こえた。店の客の応対ではないらしい。いつもとちがって、妙に丁寧な物言いである。

「ももんじの旦那、客人ですぜ」

助八の声が大きくなった。

どうやら、茂十が対応している人物のようだ。十四郎にも何か用があるらしい。

「助八、おれはももんじではないぞ。百地だ」

十四郎が声高に言った。

「分かりやした。百地の旦那」

助八はそう答えたが、軽い口振りである。また、すぐにももんじと口にするだろう。

「まったく、ももんじ、ももんじと、まるで獣《けだもの》みたいではないか」

十四郎は立ち上がり、袴の皺《しわ》をたたいて伸ばしてから障子をあけた。

「この前のお侍ですぜ」

助八が階段の途中から首だけ覗かせ、小声で言った。

「井川兄妹か」

十四郎には、井川兄妹しか思いあたらなかった。

店の前の通りで井川兄妹を助けて三日経つ。あらためて礼に来たのかもしれない、と十四郎は思った。

助八につづいて階段を下りると、戸口のところにふたりの武士が立っていた。ひとりは泉之助である。もうひとりは初老の武士だった。羽織袴姿で二刀を帯びている。藩士のようだった。滝園藩の家臣であろう。

そのふたりの武士の脇に茂十の姿があった。何か話していたらしい。泉之助が十四郎の姿を見ると、

「先日はお助けいただき、ありがとうございました」

そう言って、あらためて十四郎に頭を下げた。

並んで立っていた初老の武士は、十四郎に値踏みするような目をむけていたが、十四郎と目が合うと、慌てて頭を下げた。

「旦那、奥の座敷を使ってくだせえ」

茂十が言った。

洲崎屋は客に酒を飲ませる飯台を置いた土間の奥に、障子をたてた小座敷があった。常連客を上げたり、御助の依頼に来た者から話を聞くための座敷である。

……礼を言うために立ち寄ったのではないようだ。

と、十四郎は察した。それだけなら、茂十はふたりの武士を奥の座敷に上げないはずである。

ふたりの武士は奥の座敷に対座すると、

「それがし、泉之助の伯父、井川武左衛門《ぶざえもん》にござる」

武左衛門が慇懃《いんぎん》な口調で言った。どうやら、泉之助が藩邸にいると口にしていた縁戚の者は、この男らしい。

面長で鼻梁の高い男だった。ひどく瘦せていて、すこし背中がまがっていた。武芸などには、まったく縁のないようなひょろっとした体だが、十四郎にむけられた双眸《そうぼう》には能吏らしいするどいひかりが宿っていた。

武左衛門は、泉之助を助けてもらった礼を述べた後、

「百地どのに頼みの筋があって、泉之助ともどもまいったのでござる」

と、声をあらためて言った。

「頼みとは」

「実は、泉之助とゆきは、父の敵を討つために江戸へ参ったのでござる」

「敵討ち……」

それで、兄妹で旅してきたのか、と十四郎は思った。

「事情は泉之助から話せ」

武左衛門が泉之助に指示すると、

「昨年の秋のことでございます」

と、泉之助が前置きして話しだした。

泉之助の父の名は井川弥三郎《やさぶろう》。滝園藩の家臣で八十石を喰む勘定吟味役であった。滝園藩の場合、勘定吟味役は勘定奉行の支配下だが、藩の収支に関する目付も兼ねている重い役儀だという。

昨年の秋、弥三郎は下城のおりに何者かに襲われ、同行していた勘定方下役の豊《とよ》島仙助《しませんすけ》ともども斬殺されたという。

「その後、父の敵が知れました。父が斬られたとき、近くの物陰から見ていた者がいたのです」

「何者なのだ」

「徒組《かちぐみ》の倉本桑十郎《くらもとそうじゅうろう》です」

そう言った泉之助の顔が、憎悪と困惑にゆがんだ。

「倉本とは」

泉之助の表情から見て、ただ徒組の家臣というだけではなさそうだった。

「倉本は、わが藩随一と噂されている剣の遣い手なのです」

滝園藩では東軍流《とうぐんりゅう》が盛んで、倉本は若いころから城下にある東軍流の朝倉《あさくら》道場で学び、右に出る者はいないと謳《うた》われた屈指の遣い手であった。家は郷士だったが、その剣名から仕官がかない、徒組として三十石で取りたてられたという。

なお、東軍流は戦国時代に始祖、川崎鑰之助《かわさきかぎのすけ》によって開かれ、江戸初期には、柳生新陰流、小野派一刀流、二天一流などと並び称された屈指の名流であった。寛文のころ、東軍流は出羽国にも伝わり、いまも領内で学ばれているという。

なお朝倉道場は、藩士の朝倉小平《こへい》がひらいた道場で、藩士の子弟の多くが通っているそうである。

「なにゆえ、倉本はそこもとの父を襲ったのだ」

十四郎が訊いた。

「は、藩の内紛がございまして……」

泉之助が口ごもった。顔に困惑の表情が浮いている。十四郎に藩内のことを話してもいいかどうか逡巡《しゆんじゆん》しているようだ。

そのとき、武左衛門が、

「藩内のいざこざに巻き込まれたようだが、いずれ時期が来れば、百地どのにもお話しすることになりましょう」

と言って、話を引き取った。

「それで、頼みというのは」

十四郎が訊いた。

「聞くところによると、この店は御助宿とも呼ばれているとか」

武左衛門が、声を低くして訊いた。

「いかにも」

「それに、百地どのは、敵討ちの助太刀などをなされることもあるそうでござるな」

武左衛門が、十四郎に心底を探るような目をむけて言った。

どうやら、泉之助と武左衛門は十四郎が御助人であるとの噂を耳にして依頼に来たらしい。伯父である武左衛門は、井川兄妹の後見人なのであろう。いずれにしろ、元締めである茂十を通さねばならない。

「そういう話なら、この店のあるじも呼ぼう。差配役をしているのでな」

そう言って、十四郎が立ち上がった。

5

「百獣屋のあるじ、茂十でございます」

茂十が、あらためて泉之助と武左衛門に挨拶した。ギョロリとした大きな目に、刺すようなひかりが宿っている。百獣屋のあるじから御助人の元締めの顔に豹変していた。老いてはいたが、肉のたるんだ大きな顔には獅子や巨熊を思わせるような凄みがあった。

「それで、何かご依頼の筋があるとか」

茂十が低い声で訊いた。

十四郎は黙って座していた。ここから先は商売だった。依頼人との交渉は、茂十にまかせることにしてあったのである。

「か、敵討ちの助太刀を頼みたいのだ」

武左衛門が口ごもった。能吏らしい武左衛門も、茂十に押されているようだ。

「それはまた、厄介なお頼みでございますな。なにせ、敵討ちとなると、助太刀とはいえ、命懸けでございますからな」

茂十が困惑したように顔をしかめた。承知するのは事情を聞いた後だが、困難な仕事であることを強調し、依頼金をつり上げようとしているのだ。

「たしかに、命懸けだな」

武左衛門もけわしい顔をした。当の泉之助とゆきもこわばった顔をして、視線を膝先に落としている。

「それに、てまえのような下賤の者には分かりかねますが、ご家臣の方のなかには腕に覚えの方も多いのでございましょう。敵討ちのご助勢に名乗りを上げる方も、いらっしゃるのではないかと存じますが」

茂十は、家中の者に助太刀を頼めばいいではないか、それを何のかかわりもない市井の者に依頼するのは、何か特別な事情があるからではないか、と訊いたのである。

「さきほども話したのだが、藩内に揉め事があってな。藩にかかわりのない者の手を借りたいのだ。それに、恥ずかしい話だが、倉本に太刀打ちできるような者は江戸の藩邸にはおらんのだ」

武左衛門が渋い顔で言った。

「相手の腕がたつ上に、いろいろご事情もあるようでございますし、容易な仕事ではございませんな」

茂十は戸惑うような顔をした。巧みな掛け合いである。さらに、依頼金をつり上げようとしているのだ。

「難儀であることは、重々承知しておる」

武左衛門が苦渋に顔をゆがめた。

「肝心の相手ですが、行方は知れているのでございましょうか」

茂十が訊いた。

「江戸にいることは分かっているのだがな。どこに、身を隠しているかまでは分かっておらぬ」

武左衛門によると、家臣の何人かが江戸市中で倉本の姿を見かけているという。

「それで、ご兄妹で江戸に来られたわけですか」

茂十がそう言うと、

「そうです」

と、泉之助が殊勝な顔で言い添えた。

茂十はいっとき膝先に視線を落としたまま黙考していたが、十四郎に顔をむけ、

「旦那、どうします」

と、小声で訊いた。実際に、敵討ちの助太刀をするのは、十四郎たち御助人である。

「そうだな」

十四郎は思案するように小首をひねった。

このところ御助人としての仕事がなく、不如意であった。一月ほど前、小唄の女師匠から、ならず者に因縁をつけられて困っているので、助けて欲しい、との依頼を受け、女師匠の家にあらわれたならず者を追い払って、一両の金を手にしたのが最後である。手元には、わずかな銭しか残っていなかった。

十四郎としては仕事を引き受けたかったが、飛び付いて足元を見られたくなかっ

たのである。

「礼は存分にさせてもらうつもりだ」

武左衛門が言った。

「さようでございますか」

茂十が目を細めて、揉み手をした。恵比寿《えびす》のような顔になっている。

「どうだな、手付け金として五十両。みごと、倉本を討ち取ってくれれば、さらに百両の礼をいたすが」

武左衛門が、不快そうな顔をした。敵討ちの助太刀が、商談のようにやり取りされていることが不満なのだろう。

茂十は答えずに、十四郎の方に顔をむけた。その目が、旦那、どうです、と訊いていた。十四郎はちいさくうなずき、

「それで、倉本はひとりなのか」

と、念を押した。あるいは、倉本を匿《かくま》っている味方が、いるのではないかと思ったのである。

「そ、それが、倉本にも味方が……」

泉之助が声をつまらせて言った。

「はっきりしたことは、分かりませんが、朝倉道場で同門だった者が、倉本といっしょに江戸に出ておりますので……」

どうやら、同門だった者が倉本に味方しているらしい。

「そうなると、おれだけの助太刀では返り討ちに遭うな。どうだ、もうひとり雇わんか」

十四郎がそう言うと、すかさず茂十が後をついで、

「百地さまと同じように、腕の立つ者がおりますが」

と、目を細めて言った。

「ふたりなら、なお、心強いが」

武左衛門が語尾を濁した。助太刀をふたり依頼する金が用意できないのかもしれない。

「どうでございましょう、ひとり百両ということでは」

茂十が手付け金が百両、倉本を討ち取った後で百両、都合二百両ということでどうか、と言い添えた。武左衛門が口にした金額より五十両増えるだけである。

「それなら、頼もう」

「何人いるのだ」

武左衛門が承知した。

泉之助とゆきも、ほっとしたような表情を浮かべている。

「ところで、もうひとりの御仁は」

武左衛門が訊いた。

「波野平八郎《なみのへいはちろう》さまともうされまして、心形刀流《しんぎょうとうりゅう》の達人でございます」

茂十が満面に笑みを浮かべて言った。

6

七輪にかけた鍋が、ぐつぐつと煮立っていた。猪の肉と葱《ねぎ》を甘辛醤油《あまからじょうゆ》で煮て、酒の肴にしていたのである。その七輪をかこって、四人の男が酒を飲んでいた。十四郎、波野平八郎、膏薬売りの助八、それに廻り髪結いの佐吉《さきち》だった。

「うめえ、何でこんなうめえものを、食わないやつがいるんですかね」

助八が鍋の肉をつつきながら言った。

「獣《けもの》は、穢れがあると信じているからだな」

そう言って、波野もうまそうに鍋の肉を口に運んだ。

四人がいっとき鍋の肉を肴に酌み交わしたところで、

である。

「ところで、波野、おぬしの名も勝手に出したが、よかったかな」

と、十四郎が切り出した。

茂十と十四郎が、井川兄妹と武左衛門から敵討ちの助太刀の依頼を受けた翌日で

「いや、助かった。このところ、ふところが寂しくてな。元締めに、すこし都合してもらおうかと思っていた矢先なのだ」

波野が目を細めて言った。

波野は三十代半ば、生まれながらの牢人である。眉が濃く、頤《おとがい》の張ったいかつい顔をしているのだが、少年を思わせるような愛嬌のある丸い目をしていた。満《みつ》という妻と七つになる鶴江《つるえ》という娘がいた。

長屋暮らしで、御助人の仕事がないときは、日傭《ひようと》取りなどの稼ぎにいくこともあったが、ちかごろはよほど困窮しないと力仕事にはいかないようである。

「それで、助八と佐吉も、手を貸してもらえるかな」

十四郎が、ふたりに訊いた。

ふたりは、御助人の下で探索、密偵、尾行などの任を果たす「探《さぐ》り人《にん》」と呼ばれる男たちである。茂十は数人の探り人をかかえていた。むろん、依頼人から渡され

た金の何割かは、探り人に探り料として分けられる。

通常、金の分配は元締めである茂十が一割、探り人が三割、御助人が六割ということになっていた。

元締めが一割ではすくないように思えるが、実際は仲介の口利きをするだけなので、それで十分なのである。事実、今回も十四郎とともに泉之助や武左衛門の話を聞き、波野にも話を持っていっただけで二十両もの大金を手にしているのだ。もっとも、仕事のないときも、御助人と探り人の暮らしの面倒を見ているので、文句を言う者はいない。

「承知しやした」

助八が答えると、佐吉もうなずいた。

いつもニヤニヤして締まりのない顔をしている助八も、探りの仕事にかかると、ひきしまった顔付きになる。

助八は膏薬を売りながら町々を歩いたり、寺社の門前や広小路などの賑《にぎ》やかな通りの路傍に膏薬を並べて売りながら聞き込んだり探ったりする。

佐吉は二十代半ば、色白ですらりとした体軀《たいく》をしていた。面長で、切れ長の目をしている。なかなかの男前である。佐吉は廻り髪結いとして町を歩きながら、探索や尾行の任を果たすのである。

「敵討ちと言っても、まだ、相手の居所が知れんのだ」

十四郎が、泉之助から聞いた事情をひととおり話した。

「てえことは、まず、倉本ってえやろうを探すんですかい」

助八が訊いた。

「いや、その前に滝園藩の様子を探って欲しい」

十四郎がそう言うと、脇にいた波野が、

「此度《こたび》の仕事に、懸念があるのか」

と、訊いた。敵討ちに藩邸内の様子まで探ることはないと思ったようだ。

「どうも、ただの敵討ちではないような気がするのだ」

十四郎は、泉之助と妹のゆきが江戸へ到着した早々、滝園藩士に襲われたことが気になっていた。それに、武左衛門も藩内で揉め事があると口にしていた。藩内にお家騒動があり、泉之助たちも巻き込まれているのではあるまいか。武左衛門が家中以外の者に助太刀を頼みたいと言ったのも、騒動のためらしいのだ。

「藩のお屋敷に、もぐり込むんですかい」

助八が戸惑うような顔をして訊いた。腕のいい探り人でも、大名屋敷に忍び込んで探るのは容易なことではないのだ。

「いや、そこまですることはない。屋敷に奉公している中間《ちゅうげん》や出入りしている商人にそれとなく訊くだけで、十分だよ」

十四郎は、藩邸内に忍び込むのは危険だと思っていた。藩邸内には、井川兄妹を襲った藩士がいるかもしれない。探り人の正体が知れれば、命はないだろう。

「いずれにしろ、油断するなよ」

十四郎が助八と佐吉に言った。

「へい」

ふたりが、殊勝な顔をしてうなずいた。

「おれは、何をすればいい」

波野が訊いた。

「とりあえず、することはないな。おれもそうだが、しばらく様子を見ているしかあるまい」

そう言って、十四郎は鍋に箸を伸ばした。

その日、十四郎たち四人は、百獣屋の奥の座敷で五ツ（午後八時）ちかくまで飲んだ。ふところが温かったし、久し振りの大きな仕事でいくぶん気が高揚していたせいもある。店の外に出ると、外は満天の星だった。

「もんじの旦那、あっしらは、これで」

助八が陽気な声を上げ、波野と佐吉と三人で店から出ていった。

三人を送りに出た十四郎は百獣屋の戸口に立ち、切っ先のようにとがった三日月を見ながら、

——今度の相手は、東軍流の遣い手か。

と、胸の内でつぶやいた。

東軍流の名は聞いたことがあったが、どのような剣なのかまったく知らなかった。そのため、よけいに倉本が不気味だったのである。

7

翌朝、十四郎が五ツ（午前八時）を過ぎてから、百獣屋の飯台で茂十につくってもらった茶漬けを食っていると、井川兄妹が姿を見せた。何かあったのか、ふたりとも思いつめたような顔をしている。

「どうしたのだ」

十四郎が箸を置いて訊いた。そばにいたおはるも、驚いたような顔をして兄妹に

目をむけている。

「い、いや、何かあったわけでは……」

泉之助は戸口に立ったまま肩をすぼめて、言いにくそうにしていた。

すると、ゆきが怒ったような顔をして、

「わたしから、お話しいたします」

と言い、十四郎のそばに近寄ってきた。泉之助は気まずそうな顔をして、ゆきの後についてきた。

「何かな」

十四郎は茶漬けの丼を脇に引いた。いまごろ朝餉《あさげ》を食していると思われたくなかったのである。

「百地さまに、折り入ってお頼みしたいことがございます」

ゆきが十四郎を睨むように見すえて言った。

お節介焼きのおはるも、ゆきの剣幕に押されたらしく、口をとじたままゆきの顔を見ている。

「頼みとは」

「わたしと兄に、剣術を指南していただきたいのです」

「剣術を」

十四郎は驚いて訊き返した。

「はい、このままではわたしたちの手で、倉本を討つことはできませぬ」

ゆきが、語気を強めて言った。泉之助も顔をこわばらせてうなずいている。

「助太刀するつもりだが」

十四郎が小声で言った。敵の倉本は井川兄妹の手に負えないということで、十四郎たちに助太刀を頼んだはずである。

「百地さまの助勢、かたじけなく思っております。なれど、われら兄妹で、倉本に一太刀なりとも浴びせねば、敵を討ったことにはなりませぬ」

ゆきが思いつめたような顔で言った。

「もっともだな」

井川兄妹にすれば、父を斬殺された恨みを晴らすためにも、自分たちの手で倉本を斬りたいのだろう。

「それで、われら兄妹は国許を発ったときより、剣術の稽古をつづけておりました。なれど、ふたりとも剣術の心得がないため一向に身につきませぬ。それで、百地さまに剣術の指南をしていただきたいのです」

ゆきがそう言うと、

「それがし、幼いころから病弱だったため、武芸の稽古はほとんどせずにこの歳に……」

泉之助が困惑したように顔をゆがめて言った。泉之助が脆弱《ぜいじゃく》そうなのは、病気勝ちだったかららしい。

「だがな、一朝一夕には……」

ふたりの剣術が未熟であることは分かっていた。だが、いまから稽古をしたところで、どうなるものではない。倉本が話に聞いているような遣い手なら、俄《にわ》か仕込みの剣術ではなんの役にも立たないだろう。

「百地さま、われら兄妹、一生懸命稽古いたします」

泉之助が絞り出すような声で言って、深々と頭を下げると、

「百地さま、なにとぞ、ご指南のほどを」

そう言って、ゆきも深く頭を下げた。

「分かった。指南するから、頭を上げてくれ」

倉本を討つほどに腕を上げるのは無理だが、多少剣を遣えるようにはなるだろう。倉本を斬殺できなくとも、やり方次第で一太刀ぐらいあびせられるかもしれない。

それに、剣術の指南も御助人としての仕事であろう。

「ところで、ふたりはどこに住んでいるのだ」

十四郎が訊いた。ふたりが、藩邸内で剣術の稽古をしているとは思えなかったのである。

「神田平永町の柴崎弥五郎《しばさきやごろう》どのの町宿《ちょうしゅく》に、宿をお願いしております」

泉之助によると、柴崎は父、弥三郎の配下だった勘定方の家臣だという。井川兄妹を藩邸内にとどめることはできなかったので、武左衛門が柴崎に話をつけて、当分そこに住めるように手配してくれたそうだ。なお、町宿とは、藩邸内に入り切れなくなった江戸勤番の藩士が暮らす市井の借家などのことである。

「すると、ふたりはそこで剣術の稽古をしているのか」

十四郎が訊いた。

「はい、狭いが庭がございます。それに、裏手が土手になっていて、稽古をしても近所に迷惑をかけるようなことはありません」

ゆきが答えた。

「ならば、これからそこへ行ってみるか」

百獣屋のある駒形町から、平永町まではそれほど遠くなかった。それに、兄妹がどんな稽古をしてるのか、見てみたかったのである。

「は、はい」

ゆきのこわばっていた顔に喜色が浮いた。さっそく、十四郎が剣術の指南をしてくれることになったからであろう。

井川兄妹の住む町宿は、表通りから細い路地をしばらくたどった寂しい地にあった。板塀をめぐらせた古い家屋で右手が笹藪《ささやぶ》、左手には妾宅ふうの仕舞屋《しもたや》があった。背後は土手で、茅《かや》や芒《すすき》などの丈の高い雑草が群生していた。

柴崎は留守だった。役儀で愛宕下にある上屋敷に出かけ、今日は帰ってこないそうだ。

「稽古をするか」

十四郎は、兄妹がどのような稽古をしていたか見てみたかったのである。

「はい」

ゆきが答え、ふたりはすぐに支度して庭へ出た。

泉之助は袴の股《もも》だちを取り、両袖を襷《たすき》で絞っている。ゆきは襷掛けで、白鉢巻きをしていた。武器《えもの》は泉之助が二尺五、六寸の木刀、ゆきは小太刀の木刀である。

庭は丈の低い雑草におおわれていたが足場は悪くなく、剣術の稽古をするのに十分のひろさもあった。

「どんな稽古をしていたのだ」

十四郎が、これまでの稽古をふたりでやってみるよう指示した。

ふたりは、木刀と小太刀で素振りを始めた。振りかぶって真っ向へ振り下ろすだけの素振りである。

——だめだな。

一目見て、十四郎は思った。

まるで素振りになっていなかった。大きな気合を発し、力を込めて振っているが、子供が稽古を始めて半年ほど経ったときのような素振りである。振り下ろしたとき、手の内を絞らないため、太刀筋がまがっていた。しかも、右手に力が入り過ぎているため、振り下ろす度に体が右手に傾くのである。これでは、真剣で人を斬ることはできないだろう。

ゆきの小太刀の方が、まだましだった。手だけで振らず、素振りに合わせて体も動いている。

ふたりは、いっとき素振りをした後、打ち込みの稽古を始めた。仮想の敵に対して、面、胴、籠手へ打ち込むのである。

これも、まるで駄目だった。ふたりとも、絵に描いたようなへっぴり腰である。手だけで打ち込むため、腰が後ろに引けてしまっているのだ。

「そこまでだな」

十四郎が、声をかけた。

「いかがでしょうか」

泉之助が荒い息を吐きながら十四郎のそばに来た。額に玉の汗が浮いている。

ゆきも、小太刀を手にして泉之助の脇に近付いた。色白の顔が上気して朱を刷き、首筋や露《あらわ》になった腕の肌が匂うようである。

——なかなか、色っぽい。

と、十四郎は思ったが、そんなことは口にできない。それこそ、手にした小太刀で襲ってくるだろう。

「井川どのは、これまで剣術の稽古は？」

十四郎が訊いた。

「子供のころ一年ほど手解きを受けましたが、体を壊し、その後は竹刀《しない》も木刀も握ってないのです」

泉之助が苦笑いを浮かべて言った。

「ゆきどのは」

「やはり、小太刀の稽古を一年ほどしただけです」

ゆきが困惑したような表情を浮かべた。

「それでは、これから稽古をしても間に合わぬな」

十四郎は、はっきりと言った。

「で、ですが、われらは倉本を討たねば……」

泉之助が声をつまらせた。ゆきも、思いつめたような目で十四郎を見つめ、なんとしても、倉本を討たねばならないのです、と言い添えた。

8

「真剣を遣うしかない」

十四郎が語気を強くして言った。

「真剣を！」

泉之助が驚いたように目を剝《む》いた。

「いまから、竹刀や木刀で稽古をしている余裕はあるまい。明日にも、倉本があらわれれば、斬らねばならんのだぞ」

素振りから始め、構えや刀法を身につけるには何年もかかる。とても間に合わないだろう。

「そ、それは、そうですが」

泉之助は顔をこわばらせ、不安そうな表情を浮かべた。

「真剣を用意しろ」

十四郎の声には、有無を言わせぬ強いひびきがあった。

「は、はい」

ゆきがすぐに家にもどり、泉之助がつづいた。

泉之助が大小を腰に帯び、ゆきが懐剣を手にしてもどってきた。

「まず、真剣で素振りからですか」

泉之助が訊いた。

「いや、素振りなどはせぬ。……実際に人を斬ってみるのが手っ取り早いが、そうもいかんからな」

そう言って、十四郎は周囲に目をやった。家を囲った板塀の先に笹藪があるのを見ると、あれを使おう、と言って、笹藪にむかった。泉之助とゆきもついてきた。

「六尺以上丈のある笹をできるだけ多く、切り取ってくれ」

そう言って、十四郎は笹藪に入ると、小刀をふるってバサバサと笹を切り倒した。

泉之助とゆきも、丈のある笹を選んで切った。

いっときすると、両腕でやっと抱えられるほども集まった。

「これでいい。ふたりも、笹を庭に運んでくれ」

十四郎は、笹を抱えて庭にもどった。

「こんなもの、どうするんです」

泉之助が、訝《いぶか》しそうな顔をして訊いた。

「これを立て、倉本と見立てて斬るのだ」

「これが、倉本ですか」

泉之助の口元に笑みが浮いた。

「ま、見ておれ」

そう言って、十四郎は十尺ほどの笹を庭の地面に突き刺して立てた。

「倉本との間合はおよそ三間だ。青眼に構え、切っ先を敵の喉元《のどもと》につける。そして、一気に間合を寄せて、袈裟に斬るのだ」

十四郎は間合を取って青眼に構えると、切っ先を笹にむけた。

イヤアッ！

突如、裂帛《れっぱく》の気合を発し、走り寄りざま刀身を袈裟に払った。

スパッ、と笹が斬れ、先端から四尺ほどが虚空に飛んだ。

「やってみろ」

十四郎が、泉之助に命じた。

「はい」

泉之助は三間ほどの間合を取って、地面に立てた笹と対峙した。

オリャァ！

喉の裂けるような甲走った声を上げ、泉之助が笹に走り寄り、刀をふるった。

バサッ、とにぶい音がし、笹は刀身の当たったところで、折れて倒れた。刃筋がまがっていたため、斬れたのではなく折れたのだ。

「斬るとは、こういうことだ」

十四郎は、自分の斬った笹の切り口を泉之助とゆきに見せた。

みごとに斜《はす》に截断《せつだん》され、わずかなささくれもない。袈裟に斬り下ろした刃筋が真っ直ぐだったからである。

「笹も斬れない太刀で、人は斬れぬ」

十四郎がもっともらしい顔をして言った。

「分かりました。笹を斬る稽古をいたします」

泉之助が表情をひきしめて言った。ゆきも、真剣な顔をしてうなずいた。

さっそく泉之助とゆきは、笹を庭の地面に立て、三間ほどの間合を取ると、走り寄って斬った。

十四郎は、三間が井川兄妹が倉本と対峙したときの間合だと見ていた。その三間の間合から一気に身を寄せ、袈裟に斬り込むのである。構えも刀法もなかった。ただ走り寄って、斬り込むだけである。

――ゆきには、突きを身につけさせよう。

と、十四郎は思っていた。

小太刀で、袈裟に斬り込むのは無謀だった。刀身が短いため、敵に体が触れるほど近付かなければ、斬れない。それなら、腕を伸ばして敵の胸や脇腹を突いた方が威力があるし、危険もすくないはずだ。

半刻（一時間）ほどすると、泉之助とゆきの顔に汗が浮いてきた。笹も折れるのではなく、斬れるようになってきた。多少、刃筋が通るようになってきたのである。

「だいぶ、よくなってきたではないか」

「笹が斬れるようになりました」

泉之助が額の汗を手の甲で拭いながら言った。顔に得意そうな表情がある。

「うむ……」

笹を斬るだけなら、子供でもしばらく稽古すればできるようになる。泉之助もゆきも、人を斬れるようになるには、まだ遠い。

十四郎は、次は一握りほどの太さのある青竹を斬らせるつもりだった。その次は、青竹を芯にした巻き藁《わら》を斬らせる。芯の青竹ごと巻き藁が、すっぱりと斬れるようになれば、人も斬れるはずなのだ。

「おれは、これで帰るが、ふたりはつづけろ」

十四郎は、ふたりにまかせようと思った。

「はい、つづけます」

泉之助が目をかがやかせて言った。

十四郎は兄妹に背をむけて歩きだした。表の路地まで出ると、兄妹の気合と笹を斬る音が背後から聞こえてきた。

第二章　内紛

1

晴天だった。初夏らしい強い陽射しが照り付けていたが、桜の木陰はさわやかだった。土手の夏草《なつくさ》が細風にサワサワと揺れている。

百地十四郎は、井川兄妹が投宿している神田平永町の町宿の裏手の土手に来ていた。さっきまで、兄妹の稽古に付き合っていたのだが、見ているのに飽きてきて、一眠りしようと土手へ足を運んで来たのである。

土手は夏草に覆われていた。十四郎は、桜の大樹が夏の青空に枝葉を伸ばしているのを目にすると、その木陰に来て横になった。

戛《かっ》、戛《かっ》、と真剣で青竹を斬る音が聞こえてきた。井川兄妹が庭に立てた青竹を斬っているのだ。

——まだ、駄目だな。

十四郎は、青竹を斬る音を聞きながらそう思った。

竹は斬れているようだが、音に乾いたひびきがなかった。濁った音である。刃筋が、まだずれているのである。

ただ、兄妹が真剣に稽古に取り組んでいることだけが救いだった。

——ま、そのうち、人も斬れるようになるさ。

十四郎は、目をとじた。強い眠気に襲われたのである。

そのころ、泉之助とゆきは庭の地面に立てた細い青竹を斬っていた。十四郎に言われたとおり、およそ三間ほどの間合を取って走り寄り、袈裟に振り下ろして斬るのである。

走り寄って青竹を斬るだけの稽古だが、初夏の強い陽射しのなかでつづけるのは思ったよりきつかった。小半刻（三十分）ほどもすると汗だくになり、額や首筋を汗が流れ落ちた。それでも、ふたりは稽古が辛いとは思わなかった。なんとしても、倉本を自分たちの手で斬りたいという一念があった。それに、乾いた音とともに竹がふたつに截断されると、なにか剣の腕が上がったような気がして嬉しくなるのだ。

泉之助が気合もろとも青竹をふたつに斬ったとき、戸口の方から近付いてくる足音が聞こえた。

「伯父上です」

ゆきが、手の甲で額の汗を拭いながら言った。

井川武左衛門である。武左衛門は庭の稽古に気付いたらしく、戸口から庭へまわってきたようだ。

「真剣を遣っての稽古か」

武左衛門は、泉之助とゆきの手にしている真剣を見て目を細めた。

「はい、青竹を倉本と見立てて、斬っています」

ゆきが言った。

「青竹な」

武左衛門は、庭に立っている青竹やころがっている竹片に目をやって、訝しそうな顔をした。

「竹など斬って役に立つのか」

武左衛門が渋い顔をした。

「百地どのは、竹が斬れなくて、人が斬れるか、と言っておられましたが」

泉之助が、頬をつたい落ちる汗を掌《てのひら》で拭いながら言った。

「もっともな話だが……」

武左衛門は不興そうな顔をした。

「ところで、伯父上、何かご用ですか」

泉之助が訊いた。

「実はな。事態は切迫しており、すぐにも倉本たちを討って欲しいのだ」

武左衛門の顔がけわしくなった。

「どういうことです」

泉之助とゆきの顔に不安そうな表情が浮いた。

「倉本たちが、ご家老の佐原《さはら》さまと勘定吟味役の深沢《ふかざわ》どのの命を狙っている節があるのだ」

武左衛門が、声をひそめて言った。

滝園藩は国許の次席家老、山城源左衛門《やましろげんざえもん》の不正に端を発し、山城派と山城に対立する一派に二分していた。

佐原庄兵衛《しょうべえ》は江戸家老で、山城と対立する一派の旗頭であった。武左衛門や暗殺された井川弥三郎なども佐原に与《くみ》していたのだ。藩内ではひそかに佐原派とも呼ばれている。また、勘定吟味役の深沢辰之進《たつのしん》は、佐原の右腕と目されている男である。倉本たちは山城派に与し、江戸における山城派の中核である江戸留守居役、村越《むらこし》稔蔵《ねんぞう》の指図で、佐原派の要人の暗殺を狙っているという。

「やはり、そうですか」

泉之助の顔がけわしくなった。軟弱そうな表情が消え、能吏らしい鋭い目になっている。泉之助は、武芸はまるっきり駄目だが、学問と算盤《そろばん》には非凡なものがあり、藩内の若手のなかでも将来を嘱望されていたのだ。

「実は、国許を発つときも、倉本と一門のふたりは、刺客として江戸にむかったのではないかとの噂があったのです」

泉之助が言った。

「こうなると、のんびり構えてはおられん。一刻も早く、倉本たちを仕留めねばならぬと思い、おまえたちの様子を見に来たのだ」

武左衛門は庭の周囲に目をやり、肝心の百地どのはどこにおられるのだ、と訊いた。

「さきほど、眠くなったと言って土手の方へいかれました」

ゆきが言った。

「眠くなっただと。あの男、いったい何を考えておるのだ。まさか、法外な御助料をふっかけて、何もしない気ではあるまいな」

武左衛門が、苛立ちと疑念のまじり合ったような顔をした。

「そんなことはないと思います。竹刀や木刀で稽古する余裕はないので、真剣を遣うよう指示されたのは百地さまです」

泉之助が言った。

「うむ……。それで、もうひとりの波野平八郎どのは」

武左衛門が渋い顔で訊いた。

「まったく、姿を見せませんが」

「どうも、あの者たちは怪しい。百地も百獣屋などに居候している男だ。信用できんぞ」

「ですが、伯父上、百地さまが、まれに見る剣の遣い手であることはたしかです。たったひとりで、横溝《よこみぞ》たち四人を打ち負かしたのですから」

ゆきが真剣な顔で言った。

「その話を聞いたから、助太刀にと思ったのだが……。ゆき、百地どのは裏の土手にいるのか」

「いるはずです」

「ここに呼んでくれ。わしから、あらためて話を聞いてみよう」

「分かりました」

そう言い残し、ゆきは土手のある裏手へまわった。

2

十四郎は人の近付く気配で目を覚ました。

ゆきが、土手を上がってくる。急いで来たと見え、荒い息をついていた。

「どうした」

十四郎が身を起こして訊いた。

「伯父上が、百地さまとお会いしたいそうです」

ゆきが、十四郎の前に立ってそう言ったとき、口元にかすかに笑みが浮いた。少女のような悪戯《いたずら》っぽい目をして、十四郎の首のあたりを見つめている。

「なんだ」

十四郎が眠い目をこすりながら訊いた。

「毛虫ですよ、襟元に」

「毛虫だと」

見ると、襟元を一寸ほどの黒い毛虫が這っていた。襟元から首筋へ這ってきそうである。十四郎は、慌てて毛虫を払いのけた。

「目が覚めたようですね」

ゆきが唇から白い歯を覗かせて笑った。こんなおだやかで可愛らしいゆきの顔を見るのは、初めてだった。気丈に振る舞ってはいるが、根は優しい娘なのであろう。

「伯父上というと、武左衛門どのか」

「はい、町宿におみえです」

ゆきが笑みを消して言った。いつもの、けわしいゆきの顔にもどっている。

「行ってみよう」

十四郎は立ち上がった。

武左衛門と泉之助が縁先に腰を下ろして待っていた。

「百地どの、お休みのところ、呼び立てしてすまんな」

武左衛門が口元に皮肉な笑いを浮かべて言った。泉之助は黙っている。

「何か、急ぎのご用でも」

十四郎が訊いた。

「い、いや、急ぎというわけではないのだ。稽古の様子はどうかと思ってな、それに、そこもとに話しておきたいこともあるし……」

武左衛門は語尾を濁した。

「話とは」

「一度、波野どのとも会っておきたいのでな」

「そう言えば、まだ、波野と顔合わせもしてなかったな」

「そうなのだ」

「明日にも、ここへ連れてこよう」

十四郎は、兄妹の稽古を波野にも見てもらおうと思った。

「いや、ここではなく、別の場所でどうかな。他にも、会ってもらいたい者がいるし」

武左衛門が慌てて言った。

「どこへ、うかがいましょうか」

「そ、そうだな。……泉之助といっしょに愛宕下まで、足を延ばしてもらえまいか」

武左衛門が泉之助に目をやった。そこは特別な場所らしく、泉之助がけわしい顔をしてちいさくうなずいた。

「かまわないが」

「愛宕下に浄光寺《じょうこうじ》という古刹《こさつ》がある。そこへ、明後日、波野どのもごいっしょに来ていただきたい」

武左衛門によると、浄光寺は江戸家老、佐原庄兵衛の所縁《ゆかり》の寺で、住職が碁敵でもあり、ときおり寺を使わせてもらうことがあるという。

「そこで、泉之助の父、弥三郎が斬られた経緯についても、くわしくお話しするつもりでござる」

武左衛門が顔をひきしめて言った。

「うかがおう」

十四郎は、まだ弥三郎が倉本に斬られた理由も聞いていなかったのだ。

二日後、十四郎は波野を同行し、まず平永町の泉之助の許に立ち寄った。この日は、柴崎も家にいた。柴崎が丁寧な物言いで挨拶した後、

「それがしも、ごいっしょいたします」

と、言い添えた。そのために、家で十四郎たちを待っていたらしい。

柴崎は四十代半ば、ひどく痩せて、眼窩《がんか》が落ちくぼみ、頬が肉をえぐり取ったよ

うにこけていた。それでも、剽悍《ひょうかん》そうな顔付きをしていた。

十四郎たちは四人で、愛宕下にむかうことにした。ゆきは平永町の町宿にひとり残り、剣術の稽古をするという。

道々、泉之助が浄光寺に来る者たちのことを話した。

「江戸家老の佐原さまがお見えになるはずです。佐原さまは、国許の次席家老、山城源左衛門さまの不正と専横を糺《ただ》そうと奔走されておられるのです」

泉之助によると、山城は藩主、永島能登守恭茂《ながしまのとのかみただしげ》が子供のころから小姓として仕え、ことのほか覚えがいいという。そうした藩主の後ろ盾をいいことに、次席家老の身ではあるが藩の実権を握り、ちかごろ専横が目立つようになったそうである。

「次席家老といえば、城代家老の下ではないのか」

十四郎が訊いた。

「それが、城代家老の船木三郎兵衛《ふなきさぶろべえ》さまは近年病気がちのため、山城さまが藩政に嘴《くちばし》を挟むことが多くなったのです。そればかりか、船木さまに諮《はか》ることなく勝手に殿に申し上げ、政策を実行するありさまなのです」

泉之助の口吻《こうふん》には怒りのひびきがあった。

「うむ……」

十四郎は感心して聞いていた。泉之助は剣術の稽古とは打って変わって、十五、六の若者とは思えないしっかりした物言いをした。それに、藩内の情勢にもくわしい。

「伯父や父も、佐原さまたちとともに山城の不正を糺し、藩の執政を本来の姿にもどそうと奔走していたのです」

泉之助は山城と呼び捨てにした。敵と見ているからであろう。

なお、武左衛門は井川一族の重鎮で、江戸で用人《ようにん》の任についているという。滝園藩の場合、用人は国許と江戸にひとりずついて、家老を補佐して内政を総括しているそうである。

「それで」

十四郎は、藩の内紛が井川兄妹の敵討ちとどうかかわっているのかが知りたかった。

「一昨年、領内に流れる横瀬川《よこぜがわ》の大規模な治水普請にかかわり、山城さまに不正があるとの噂が立ったのです。父、弥三郎は勘定吟味役でありましたので、普請に使われた金の流れを調べ始めました。そのようなおり、突如、倉本に襲われて殺されたのです。たしかな証《あかし》はございませんが、不正の露見を恐れた山城さまがひそかに倉本に命じて父を……」

泉之助の声が震えた。顔が無念そうにゆがんでいる。

「なるほど」

泉之助の話に偽りがなければ、倉本は山城の指示で弥三郎を殺したのかもしれない。

──それにしても、話が大きくなったな。

ただの敵討ちではなかった。背景には、藩を二分するような内紛がある。倉本を探し出して、井川兄妹に敵を討たせるだけでは済まないかもしれない。

「他に、浄光寺にはだれが来るのだ」

十四郎が訊いた。

「父と同じ勘定吟味役の深沢辰之進さまも見えられます」

深沢は佐原の腹心で、父親の弥三郎とも昵懇《じっこん》だったという。ただ、佐原は江戸にいたため、山城の不正の吟味にはかかわっていない。

「大物が来るようだな」

十四郎は、自分たちと会うためだけに、佐原や深沢が浄光寺に来るとは思えなかった。何か密談があってのことであろう。

そんな話をしているうちに、十四郎たちは愛宕下の通りへ入った。そこは大名小路と呼ばれるほど、通り沿いには大名の藩邸がつづいていた。

その大名小路の先に、増上寺《ぞうじょうじ》の杜《もり》と堂塔が見えていた。その杜の手前には、多くの寺院の御堂の甍《いらか》が折り重なるようにつづいている。大名小路をいっとき歩くと、左手に寺院が迫ってきた。

「あれが、浄光寺です」

柴崎が指差した。

古刹らしい山門の先に、杉や松でかこわれた杜があった。この辺りまで来ると大名屋敷は途絶え、寺院の多い森閑とした地になった。

3

浄光寺の庫裏《くり》に、十人ほどの武士が集まっていた。いずれも、藩士らしい拵《こしら》えの男たちだが、正面に端座している五十がらみと思われる男は身分があるらしく、羽織袴も上物だった。脇に置いてある刀も意匠を凝らした見事な拵えである。大柄で鼻梁が高く、細い目には射るようなひかりが宿っていた。

その脇に、髭の剃り後の青い、四十代半ばと思われる男が座していた。面長で顎がとがっていた。猛禽を思わせるようなするどい双眸の主である。

「佐原さまだ」

柴崎が、正面の男に目をむけながら十四郎に耳打ちした。

江戸家老、佐原庄兵衛らしい。脇に座している男が懐刀の、深沢辰之進らしかった。

十四郎と波野が、佐原と深沢のそばに座して挨拶すると、

「井川武左衛門から、おふたりの噂は聞いておる。助勢のほど、頼むぞ」

と、佐原が声をかけた。

「心得ました」

十四郎が答え、波野が低頭した。

ふたりは佐原の前から下がると、藩士たちの後方に座していた武左衛門の脇に座った。この場に集まっている藩士は、いずれも佐原に与している者たちらしい。あらためて、藩士たちに目をやると、チラチラと十四郎と波野に目をむけている。その顔には、警戒と疑念の色が浮いていた。よそ者を密談の場にくわえていいのか、という思いがあるらしい。

そうした藩士の顔色を読んだのか、深沢が、

「百地どのと波野どのは剣の遣い手で、井川兄妹に助勢し、倉本とその一党を討ってくれることになっている。すでに、百地どのは井川兄妹に味方し、横溝たちと一戦交えているのだ」

と、一同に視線をまわしながら言った。

すると、藩士たちの顔に安堵《あんど》の表情が浮き、なかには、ちいさくうなずいている者もいた。ただ、不満そうな顔をしている男も残っていた。おそらく、よそ者の助勢はいらぬ、との思いが消えないのだろう。

後で、武左衛門から訊いて分かったことだが、横溝新三郎《しんざぶろう》は百獣屋の近くで井川兄妹を襲った四人の頭格の男だという。

横溝たち四人は山城派の家臣で、いち早く井川兄妹が江戸に入るのを察知し、途中で襲撃したらしい。なお、横溝たち四人は江戸の藩邸から姿を消し、倉本たちと行動をともにしているらしいが、いまのところ所在は分からないそうだ。

「倉本一党は、山城が江戸へ送り込んできた刺客と見ていい。早く手を打たないと、ご家老や深沢どのの命が危ういのだ」

そう言ったのは、武左衛門だった。

その声で、藩士たちからざわめきが起こった。

「そのためにも、百地どのと波野どのの手を借り、一刻も早く倉本一党を討ち取りたいのだ」

深沢が念を押すように言った。

次に発言する者がなく、座は重苦しい沈黙につつまれた。すると、佐原が、

「その件は、武左衛門どのと井川兄妹、それに太田原《おおたはら》にまかせておくとして、栗田《くりた》、前田屋《まえだや》の方はどうだ。何か、つかめたかな」

と、穏やかな声で訊いた。

「前田屋から村越をとおして山城に、多額の賄賂《まいない》が渡っていることはまちがいありません。その賄賂は、横瀬川の普請費用の一部と思われます」

三十がらみの肌の浅黒い男が言った。栗田という名らしい。

その後の密談のなかで分かったことだが、栗田茂助《もすけ》は江戸における山城の不正を探っている目付のひとりらしかった。

前田屋は国許の豪商で、滝園藩の蔵元《くらもと》であり、領内の大規模な普請などを請け負うことが多いという、また、滝園藩の藩米や特産物の材木、木炭などの江戸への廻《かい》漕《そう》を一手に引き受け、江戸の行徳河岸《ぎょうとくがし》にも店舗を持ち、江戸藩邸との繋《つな》がりも強いそうである。

「山城の悪政を殿に上申するためには、確かな証《あかし》が欲しいな。そうでなければ、殿はわれらの言《げん》に耳をお貸しにならぬからな」

佐原が言った。

「前田屋と村越の配下の者に探りを入れておりますれば、いずれたしかな証も手に入りましょう」

と、栗田。

「油断いたすな。前田屋や村越を探っていることが知れれば、おぬしも倉本たちに狙われるぞ」

「気付かれぬよう用心しております」

「頼むぞ」

佐原がそう言うと、つづいて深沢が、

「ところで、太田原、倉本たちの行方は知れたのか」

と、訊いた。

するとさきほど十四郎に不満そうな目をむけていた長身の男が、

「それが、まだつかめませぬ。ただ、藩邸や前田屋には姿を見せませんので、村越の配下の町宿にもぐり込んでいると見ております」

と、言った。太田原という名らしい。

「何とか、倉本たちの所在をつきとめてくれ。そうでなければ、やつらを討つことはできんからな」

「承知しております」

太田原はそう言った後、チラッと十四郎に目をむけた。その顔には、まだ不満そうな色が張り付いている。

どうやら太田原が、倉本たちの探索にあたっているようだ。後に分かったことだが、名は太田原雄助《ゆうすけ》。やはり、目付のひとりで東軍流の遣い手だという。

その後、藩士たちから国許の動静や江戸における村越一派の動きなどが報告されたが、十四郎は真剣に聞いていなかった。十四郎にはかかわりのない藩内の騒動であり、渦中に巻き込まれたくない気持ちもあったからである。

十四郎と波野は、井川兄妹に味方して倉本たちを討てばよいのである。後は、滝園藩がどうなろうとかかわりはないのだ。

それでも、密談は一刻半（三時間）ほどもつづいた。やっと終わり、十四郎たちが庫裏から出ると、陽は西の家並のむこうに沈みかけていた。

十四郎、波野、泉之助、柴崎の四人は他の藩士より先に浄光寺を出た。町宿は愛宕下にある滝園藩の上屋敷より遠方だったからである。

　大名小路に出たところで、十四郎が、

「ところで、倉本一党と呼んでいたが、何人なのだ」

　と、泉之助に訊いた。

「国許を発ったのは、倉本と同門の青木又十郎《あおきまたじゅうろう》と持田甚八《もちだじんぱち》という男です。ですが、わたしたちを襲った横溝たち四人も倉本たちと行動をともにしているようです」

　泉之助は、横溝の他に田島《たじま》与一郎《よいちろう》、林稲右衛門《はやしとうえもん》、板倉源五郎《いたくらげんごろう》の名を挙げた。

「都合、七人か。厄介だな」

　どうやら、倉本だけを相手にするわけにはいかないようである。ただ、横溝たち四人はそれほどの腕ではなかった。

　そのとき、波野が口をはさんだ。

「おい、太田原という男は、おれたちが助太刀することに不満なのか」

　波野がつづいて口にしたことによると、浄光寺で厠《かわや》に立ったとき、廊下で太田原と鉢合わせし、得体の知れぬ素牢人などの手を借りたくないものだ、と皮肉たっぷりに言われたという。

「い、いえ、太田原どのは腕が立ちますし、自分の手で倉本を斬りたいと言ってましたので……」

泉之助が、恐縮したように声をつまらせて言った。

「いいではないか。突然、おれたちのような牢人が顔を出したので、おもしろくないのだろう」

そう言って、十四郎は両腕を伸ばして大きな欠伸《あくび》をした。座したまま話を聞いていたので、体が硬くなっていたのである。

十四郎たち四人の半町ほど後ろをふたりの武士が歩いていた。

ふたりとも羽織袴姿で二刀を帯びている。どこかの大名の家臣であろう。供を連れていないところを見ると、身分の高い者ではないようだ。

ふたりは、十四郎たちと半町ほどの距離を保ったまま同じ方向に歩いていた。

十四郎たちは大名小路をいっとき歩くと、右手にまがり、東海道へ出た。そして、芝口橋（新橋）を渡り、日本橋の方へむかった。

背後のふたりは、まだ尾《つ》けてくる。どうやら、十四郎たちを尾行しているようだ。

十四郎たちは、背後の尾行者にまったく気付いていなかった。物陰に身を隠したりせず、普通に歩いていたので、かえって不審を抱かなかったのかもしれない。それちょうど、大名小路は多くの大名の家臣たちが行き来していたので、そのなかに紛れていたせいもあるのだろう。ふたりの尾行者は、十四郎たちが平永町の柴崎の町宿に立ち寄るまで尾けてきた。

4

助八は浜町河岸にかかる小川橋のちかくにいた。河岸の土手に葦《あし》が群生し、その陰に身をひそめていたのだ。

斜向かいに滝園藩の下屋敷の裏門があった。助八は屋敷に奉公する渡り中間でもつかまえ、酒でも飲ませて滝園藩の内情を聞こうと思ったのである。

――出て来ねえなァ。

助八は両腕を突き上げて伸びをした。

助八がこの場に身をひそめて一刻（二時間）ほど経つが、まだ話を聞けそうな中間は出てこなかった。

陽は西の空にまわり、葦原のなかに蜜柑《みかん》色の夕陽が差し込んでいた。あと、半刻（一時間）もすれば、暮れ六ツ（午後六時）の鐘の音が聞こえるだろう。

――ま、急ぐわけじゃァねえ。のんびりやるさ。

そう思い、助八がふたたび葦の陰に身をかがめようとしたときだった。裏門のくぐりから、お仕着せの半纏《はんてん》を羽織った中間がふたり通りへ出てきた。ふたりは何か話しながら、浜町堀沿いの道を神田の方へむかっていく。

堀沿いの道には、ちらほら人影があった。仕事を終えた職人やぼてふり、それに近くの大名屋敷から出てきた武士や中間などである。

助八は葦の陰から通りへ出た。ふたりの跡を尾け、話を聞けそうな場所まで来たら声をかけようと思ったのだ。

ふたりはいっとき歩いたところで、千鳥橋のたもとを右手にまがった。そこは橘《たちばな》町《ちょう》である。

通り沿いの表店《おもてだな》はまだ店をひらいていたが、人影はまばらだった。陽が家並の先に沈み、軒下や物陰には淡い夕闇が忍び寄っている。

ふたりは、縄暖簾《なわのれん》を出した一膳めし屋に入っていった。腰高障子に、辰巳屋《たつみや》と記してある。助八が戸口に身を寄せると、なかから男の濁声《だみごえ》や哄笑《こうしょう》などが聞こえてきた。何人か客がいるらしい。

助八は、縄暖簾をくぐって店に入った。思ったよりひろい店だった。土間には飯台が並び、数人の男が床几や腰掛け代わりの空き樽などに腰を落として酒を飲んだり、めしを食ったりしていた。

ふたりの中間は、奥の飯台に腰を下ろしていた。大柄な男が注文を訊きにきた小女と何か話している。

助八は、小女がふたりから離れるのを見てから歩を寄せた。

「これは、これは、伊吉《いきち》兄イじゃねえですか」

助八は満面に笑みを浮かべ、揉み手をしながらふたりの脇に立った。むろん、伊吉は口から出任せの名である。

「なんだ、おめえは」

赤ら顔の大柄な男が、助八を睨みながら言った。

「あっしですよ、八助《はちすけ》。やだな、あっしのこと、忘れちまったんですかい」

咄嗟に、助八は名を逆にして名乗った。迂闊に、自分の名を知られたくなかったのである。

「八助だと。知らねえなァ」

赤ら顔の男は、脇に腰を下ろしている顎のとがった男の方に目をむけた。その男も、不審そうな顔をして、首を横に振った。

「兄イは、滝園藩のお屋敷で奉公してやしたね」

助八は愛想笑いを浮かべたまま言った。

「いまも、奉公してるぜ。だがな、おれは伊吉じゃァねえ。竹蔵《たけぞう》よ」

竹蔵が分厚い下唇を前に突き出すようにして言った。

「そうだ、竹蔵兄イだ！　いや、別の屋敷にいたやつと勘違いしたようだ」

助八は額を掌で、ピシャピシャたたきながら照れたように笑った。

「それで、おれに何の用だい」

竹蔵が、無愛想な顔で訊いた。

「いえ、用はねえが、ちょいと前まで、あっしも屋敷奉公してやしてね。兄イは忘れたかもしれねえが、兄イにはずいぶん世話になったんでさァ。……ここで、顔を合わせたのも何かの縁だ。どうでがしょう、ここの酒代はあっし持ちで、いっしょに飲ませてもらえませんかね」

助八が首をすくめながら言った。

「酒代はおめえ持ちだと」

竹蔵の目尻が下がった。顎のとがった男も、嬉しそうに目を細めている。

「へい、兄イたちが嫌でなかったら、むかし世話になった礼をさせてくだせえ」

「いいとも。いっしょにやろうじゃァねえか。さ、ここに、腰を落ち着けてくれ」

途端に、竹蔵の愛想がよくなった。

そんなやり取りをしているところへ、小女が助八に注文を訊きにきた。

「酒と、肴は見つくろって頼まァ」

助八がそう言うと、

「ねえちゃん、三人前だぞ」

と、竹蔵が慌てて言い足した。

もうひとりの顎のとがった男の名は、房吉《ふさきち》だった。

小女が酒と肴を運んできて、三人でいっとき飲んでから、

「ところで、兄イ、あっしも奉公先を探してるんですがね」

と、助八が切り出した。滝園藩の内情を探るのである。

「中間奉公かい」

竹蔵が訊いた。すっかり打ち解けている。

「へい、どうですかね。兄イたちと同じお屋敷で奉公できりゃァ、こんな嬉しいこ
とはねえんだが」

「滝園藩の屋敷か」

竹蔵が渋い顔をした。脇にいる房吉も、苦い顔をして首を横に振っている。

「やっぱり、そうですかい。いえね、滝園藩はちかごろ御家来衆の間で揉めているんで、別のお屋敷の方がいいって言うやつがいやしてね」

助八は適当に言いつくろった。

「御家騒動ってやつよ」

竹蔵が急に声をひそめた。

「御家騒動……」

助八が驚いたように目を剝いた。

「なに、てえしたこたァねえんだ。それに、おれたちには、かかわりのねえことだからな」

そう言って、竹蔵が猪口《ちょく》の酒を飲み干した。

「お屋敷内で、ご家来衆が斬られたって話はほんとなんですかい」

助八は銚子で竹蔵の猪口に酒をつぎながら、水をむけた。

「江戸じゃァねえが、国許で騒動に巻き込まれて斬られたらしいぜ」

竹蔵が声をひそめて言った。

助八は、話を聞きながら、井川兄妹の父親が斬られたという騒動だろうと思った。

「お世継ぎ争いでも、あるんですかい」

さらに、助八が訊いた。

「そうじゃァねえらしいぜ。領内に川があってな。その普請をめぐって、ご家来衆の間で争いがあったらしいや」

竹蔵がそう言うと、それまで黙って聞いていた房吉が、

「なんでも、国許の次席家老が普請を請け負った大店《おおだな》とうまいことやって、目の飛び出るような大枚をふところにしたらしいや。それで、揉めてるってことだ」

と、声を殺して言った。

「国許の騒動は分かるが、江戸の屋敷で揉めてるのはどういうわけだい」

助八が訊いた。江戸の藩邸内にも飛び火したということであろうか。

「そこまでは、おれにも分からねえよ」

そう言って、竹蔵は肴に出た冷《ひ》や奴《やっこ》を口に運んだ。

助八は、それから小半刻（三十分）ほど、滝園藩の内情を訊いたが、井川兄妹にかかわるような話は聞けなかった。竹蔵も房吉も中間同士の噂話を耳にしただけで、詳しい事情は知らなかったのである。

「やっぱり、別のお屋敷を探しやすよ」

そう言い残して、助八は立ち上がった。

「は、は、八助、いつでも話にこいよ」

竹蔵が熟柿のような顔を助八にむけて言った。酔いで、呂律《ろれつ》がまわらなくなっている。助八が酒代を持つと言ったので、がぶ飲みしたらしい。

「この店にはよく来るんですかい」

「な、馴染みだァ」

竹蔵が声を上げた。

「それじゃァ、近くを通りかかったら寄らせてもらいやすぜ」

助八はこれからも藩邸の内情を探るときがあるかもしれない、と思い、そう言い残して店を出た。

5

駒形町に玉屋《たまや》という船宿があった。百獣屋から二町ほど離れた大川端である。その店の二階の座敷に五人の男と女がひとり、車座になって酒を飲んでいた。十四郎、波野、助八、佐吉、伝海《でんかい》という名の町医者のような身装《みなり》の男、それにお京《きょう》という年増だった。

伝海も百獣屋に出入りする御助人である。巨軀の主で、頭は坊主である。御助人になる前は修験者ということだったが、いまはほとんど黄八丈の小袖に黒羽織という町医者のような格好をしていた。ただ、そのときの状況によって、雲水や修験者にも化けることがあった。怪力の主で、金剛杖を巧みに遣う。

お京も御助人である。滅多に人を殺《あや》めることはなかったが、元女掏摸《おんなすり》だったこともあって手先が器用で、先のとがった簪《かんざし》を武器として遣う。ふだんから髷《まげ》に刺してあり、いざとなると色気で敵にすり寄り、首筋に打ち込んで仕留めるのである。お京が武器として簪を遣うことは、百獣屋のあるじの茂十と御助人、それに探り人しか知らなかった。お京は借家に独りで住んでいる。若い男を引き込んでいるという噂もあるが、そのあたりははっきりしない。

「ま、飲んでくれ」

十四郎が銚子を取って、伝海の杯についでやった。

「すまん。たまには、玉屋もいいな」

伝海は、ニンマリして酒を受けた。

十四郎たち御助人は、百獣屋で飲むことが多かったが、獣肉の肴に飽きたときやふところが温かいときなどは玉屋に飲みに来ることもあった。

今日は、伝海とお京が百獣屋に顔を出したので、十四郎が誘ったのである。

「百地の旦那と波野の旦那は、敵討ちの助っ人を頼まれてるそうじゃァないか」

お京が訊いた。

「そうなのだ。敵討ちといっても、大名家の内紛がからんでいてな。敵を見つけ出して、ただ斬るというわけにはいかないようだ」

十四郎が、これまでの経緯を簡単に話した。

「厄介な仕事だね」

そう言って、お京が十四郎の杯に酒をついだ。

「百地、相手が大勢なら手を貸すぞ」

伝海が顔を赤くして言った。巨軀のわりにはあまり酒が強くない。坊主頭が蛸入《たこにゅう》道《どう》のように赤く染まっている。

「そのときは頼む」

十四郎は、いずれ伝海とお京の手を借りるときがくるのではないかと見ていた。御助人同士も相手と状況により、お互い助け合っていたのである。

「ところで、助八、何か知れたか」

十四郎が訊いた。

「へい、滝園藩の中間と出入りの植木屋から聞き込みやしてね。藩のなかで、二手に分かれて揉めてるようですぜ」

そう前置きして、助八が話しだした。

十四郎と波野が、浄光寺で佐原たちから聞いたことと大差なかったが、新たに知れたこともあった。すでに、江戸においても、佐原の腹心の村松彦三郎《むらまつひこさぶろう》という家臣が対立する山城派の者に斬殺されているというのだ。

「その村松の甥も、江戸にいやしてね。躍起になって、敵を探しているそうですぜ」

助八が言った。

「その甥の名は分かるか」

村松という藩士を斬ったのは、倉本たちだろう、と十四郎は思った。

「名は分からねえが、目付とか言ってやしたぜ」

「太田原かもしれんな」

十四郎は、浄光寺の密会のおり、太田原が不満そうな顔をしていたのを思い出した。太田原には村松の敵討ちという思いもあって、自分だけで倉本たちを討ちたかったのかもしれない。

「佐吉はどうだ」

十四郎が、佐吉に目をむけた。

「おれは、行徳河岸の前田屋を探ってみたんですが、滝園藩の蔵元だというだけで、倉本たちとのかかわりはまったく出てこなかったんでさァ。ただ、あるじの新兵衛《しんべえ》と留守居役の村越とは昵懇らしく、ときおり鉄砲洲界隈の料理屋で会ってるそうですぜ。料理屋を探ってみれば、何か出てくるかもしれやせん」

佐吉が言った。

「前田屋で倉本を匿っている様子はなかったか」

「おれも、もしやと思って当たってみたんですがね。行徳河岸の店にそれらしいやつはいねえようだし……。高輪《たかなわ》に先代の隠居所があると聞いて、そこまで足を延ばしてみたんですが、いまは住み込みの老夫婦がいるだけでしたぜ」

「すると、町に住む家臣の家にもぐり込んでいると見るしかないな」

太田原が口にしていたとおり、山城派の家臣の町宿を探るしか手はないだろう。

「まァ、おれたちが焦って動くこともあるまい」

そう言って、波野が銚子を取り、十四郎に酒をついだ。

それから十四郎たちは、一刻（二時間）ほど酌み交わし、陽が沈んでから玉屋を出た。戸口のところで、それぞれ分かれたが、

「百地、そこまでいっしょに行こう」

と言って、波野が肩を並べてきた。波野の住む長屋は長次郎店《ちょうじろうだな》といい、百獣屋への道筋にあったのだ。

十四郎と波野は大川端へ出た。風のないおだやかな夕暮れ時だった。大川端は淡い暮色に染まっている。まだ、川びらき前だが、客を乗せた猪牙舟《ちょきぶね》や軒にいくつもの提灯《ちょうちん》をさげた屋形船も出ていた。黒ずんだ川面に提灯の灯《ひ》が映じて揺れている。

大川端には、ちらほら人影があった。出職の職人らしい男や浅草寺界隈の岡場所に出かける遊客らしい男、それに箱屋をつれた芸者などの姿があった。

ふたりが、大川端に出て一町ほど歩いたときだった。背後から近付いてくる複数の足音が聞こえた。小走りに迫ってくる。

十四郎は振り返って見た。四人。二刀を帯びた武士である。いずれも黒覆面で顔を隠していた。

「波野、襲ってくるぞ!」

十四郎が言った。

「何者だ」

波野の顔に緊張がはしった。

「分からぬ。滝園藩にかかわりのある者たちかもしれん」

十四郎には、それしか心当たりがなかった。辻斬りや追剝《おいは》ぎの類《たぐい》でないことは明らかである。

背後の四人が、走りだした。背後に急迫してくる。

「逃げられんぞ」

十四郎が言った。酔いはふっとんでいる。

「やむをえん」

ふたりは、川岸を背にして立った。背後からの攻撃を避けるためである。

6

四人の武士はばらばらと駆け寄ってきて、十四郎と波野を取りかこんだ。覆面から覗く双眸が血走っていた。いずれも、殺気立っている。

「何者だ!」

十四郎が誰何した。

「問答無用」

十四郎の正面に立った長身の男が、くぐもった声で言った。十四郎を見すえた目が底びかりしている。

「滝園藩の者か」

なおも、十四郎が訊いた。

「いらぬ詮索はせぬことだ。……やれ！」

言いざま、長身の男が刀を抜いた。どうやら、この男が四人の頭格のようである。

つづいて、三人が抜刀した。

「やるしかないようだな」

十四郎が抜き、波野も抜いた。

ふたりは、左右に動き三間ほどの間を取った。お互い、十分に刀をふるえるだけの間を取ったのである。

十四郎が対峙したのは、長身の男だった。構えは青眼で、切っ先がぴたりと十四郎の喉元につけられている。腰の据わったどっしりとした構えである。

――できる！

十四郎は察知した。

長身の男はまったく動かなかった。まず敵の動きを見ようとしているようだが、剣尖にはそのまま喉を突いてくるような威圧がある。

——こやつ、東軍流かもしれぬ。

と、十四郎は思った。

とくに変わった構えではなかったが、敵を牽制したり幻惑したりする動きは微塵《みじん》もなく、身辺に泰然とした雰囲気がただよっていた。十四郎は、江戸市中の町道場で盛んな竹刀の打ち合いによる稽古で鍛えた剣ではないような気がしたのだ。

十四郎も青眼に構え、切っ先を小刻みに上下させた。北辰一刀流の鶺鴒の尾と呼ばれる構えである。十四郎は、切っ先を上下させながら、左手の男にも気を配っていた。

中背で、小太りの男だった。八相に構えていた。隙のない構えだが、それほどの威圧はない。遣い手だが、長身の男ほどではないようだ。それに、この男の構えには泰然とした雰囲気がなかった。長身の男とは異なる流派であろう。横溝たちといっしょにいた男かもしれない。顔は分からなかったが、小太りの体軀が似ていた。

一方、波野は大柄な男と対峙していた。男は上段に構えている。もうひとりの男は右手にいて、青眼に構えていた。ふたりとも、なかなかの遣い手だったが、十四郎と対峙した男ほどの威圧はないようだ。

——波野が後れをとるようなことはあるまい。

と、十四郎は見てとった。

対峙した男が、足裏を擦《す》るようにしてジリジリと間合をせばめてきた。剣尖がそのまま喉に迫ってくるように見えた。気魄《きはく》のこもった剣尖の威圧で、そう見えるのである。対峙した男の動きに合わせて、左手の男も間合をせばめてきた。

痺れるような剣気が、十四郎をつつんでいる。

長身の男の右足が一足一刀の間境にかかった。

と、男の全身が膨れ上がったように見え、稲妻のような剣気が疾《はし》った。

――来る！

察知した十四郎は左手に跳びざま、刀身を青眼から撥ね上げた。虚を衝《つ》いて、左手の男の脇腹を狙って逆袈裟に斬り上げたのである。

タアッ！

間髪をいれず、裂帛の気合を発しざま長身の男が斬り込んできた。青眼から真っ向へ。凄まじい斬撃である。

十四郎の耳元で刃唸りが聞こえ、右の肩先に疼痛《とうつう》がはしった。長身の男の切っ先が、肩先をとらえたのだ。

次の瞬間、十四郎は大きく後ろへ飛びすさった。

左手の男が、唸り声を上げ、脇腹を押さえてよろめいた。十四郎の一颯《いっさつ》が脇腹を裂いたのである。だが、命にかかわるような傷ではないはずだ。皮肉を浅く裂いたわずかな手応えがあっただけである。

十四郎の着物の肩先が裂けて肌に血の色があったが、それほど深い傷ではない。十四郎が左手へ跳んだため、長身の男が斬り込んだ切っ先は、十四郎の肩先をわずかにとらえただけであった。十四郎は長身の男の斬撃を読んで、左手へ跳んだのだ。

「やるな」

長身の男が目を細めた。嗤《わら》ったようである。

十四郎は三間ほどの間合を取ってふたたび青眼に構えた。長身の男も青眼である。左手にいた男は路傍に身を寄せ、脇腹を押さえていた。左手で持った刀を垂らしたままである。向かってくる気はないようだ。

「うぬの名だけは訊いておこう。おれは、百地十四郎、北辰一刀流を遣う」

あらためて、十四郎が言った。

「名乗れぬが、剣は東軍流」

男がくぐもった声で答えた。

やはり、東軍流である。倉本でなければ、同門の青木又十郎か持田甚八と見ていいだろう。

「まいるぞ！」

「おお！」

十四郎は、鶺鴒の尾の構えで間合をつめた。

長身の男も青眼に構え、切っ先を十四郎の喉元につけて身を寄せてくる。

ふたりの間合が一気にせばまり、一足一刀の間境に迫ったときだった。

あそこだ！　という胴間声《どうまごえ》が、通りにひびいた。伝海である。つづいて、ももんじの旦那ァ！　という助八の声が聞こえた。

ふたりが駆け寄ってくる。すぐに、足音が大きくなった。

「邪魔が入ったようだな」

長身の男が、後じさって間合を取った。

そして、伝海と助八に目をやると、百獣屋の者か、とつぶやき、

「引け！」

と、声を上げた。

その声で、波野に切っ先をむけていた大柄な男が、後退して反転した。もうひとりの男も慌てて後じさりした。肩口に血の色があった。波野に斬られたらしい。ふ

たりは、長身の男の後を追うように走りだした。

三人の後を、脇腹を斬られた男がよろめきながら追っていく。まだ、逃げるだけの余力はあるようだ。

「ももんじと、波野の旦那ァ！」

助八が駆け寄ってきた。ハァ、ハァ、と荒い息を吐いている。

「ふたりとも、大事ないか」

つづいて、伝海が顔を真っ赤にしてそばに来ると、

「おい、肩をやられたのか」

と、十四郎の肩先を見て訊いた。十四郎の着物が裂けて、血が滲んでいた。

「かすり傷だよ」

うすく皮肉を裂かれただけで、たいした傷ではなかった。

「やつら、何者だ」

伝海が訊いた。

「名は分からぬが、滝園藩の者だな。倉本と行動をともにしている者たちであろう」

十四郎は長身の男が倉本ではないかと思ったが、はっきりしたことは分からなか

った。

「それにしても、どうして、おれたちが襲われていると、分かったのだ」

波野が訊いた。

「いや、助八と川端に立ちどまって涼んでいたのだ。すると、おぬしたちふたりがむかった先で気合が聞こえ、刀の弾き合う音がしたのでな。もしやと思い、駆け付けたのだ」

伝海がそう言うと、脇にいた助八が、

「小便でさァ。伝海の旦那の小便は長えんだから」

と言って、首をすくめて見せた。

「いずれにしろ、助かったよ」

十四郎が言った。

長身の男との勝負は、どうなったか分からなかった。下手をすれば、いまごろ斬殺体となって転がっていたかもしれない。

第三章　兄妹

1

井川泉之助は、一握りほどの太さの青竹を庭の隅に立て、三間ほどの間合を取って対峙した。泉之助は袴の股だちを取り、襷で両袖を絞っていた。手にしているのは、二尺四寸五分の大刀である。

初夏の陽射しが、庭に照り付けていた。泉之助の額に玉の汗が浮き、納戸色《なんどいろ》の単衣《ひとえ》は汗で黒ずんでいる。

泉之助は刀を青眼に構えると、甲声を発しざま青竹に走り寄り、袈裟に斬り下ろした。戞《かっ》、と乾いた音がひびき、斬れた青竹が虚空に飛んだ。青竹はきれいな楕円形の切り口を見せ、地面から四尺ほど残して立っていた。

「ゆき、見てみろ。斬れたぞ！」

泉之助は地面に落ちた三尺ほどの青竹を手にして、その切り口をゆきに見せた。

「兄上、だいぶ腕を上げられたようです」

そう言って、ゆきが笑みを浮かべた
ゆきも襷がけで、額には白鉢巻きをしていた。鉢巻きや襟元に汗が染みている。

「だが、竹など斬っていて、倉本を討てるようになるのだろうか」

泉之助は首をひねりながら言った。ただ、青竹を斬るという単調な稽古に、いくぶん嫌気がさしたのかもしれない。

「お師匠は、青竹が斬れるようになったら、次は巻き藁を斬ると言っておられました」

ゆきが言った。

ちかごろ、泉之助とゆきは十四郎のことを師匠と呼ぶようになった。敵討ちの助太刀より、剣術の師匠という思いが強かったのだろう。

「お師匠も、この場にいて、指南してくれるといいのだがな」

泉之助は家の裏手の土手の方に目をやって、うらめしそうな顔をした。

今日も、十四郎は稽古の様子を見に来たが、小半刻（三十分）もすると、飽きたらしく、一休みしてくる、と言い置いて、裏の土手へ行ってしまったのだ。木陰で昼寝でもしているのだろう。

「お師匠を信じて、稽古に励むしかありません」

ゆきがきっぱりした口調で言った。

「まァ、そうだ。……ところで、ゆき、手は痛くないか」

泉之助が心配そうな顔で訊いた。

ここ五日ほど、ゆきは十四郎にいわれ、懐剣で敵を突く稽古をしていた。庭の隅の柿の木の幹に板をくくりつけ、三間ほどの間合から走り寄って、突くのである。この稽古を始めて三日ほどすると、ゆきの掌に肉刺《まめ》ができ、破れて血が出た。痛みをこらえて、突きの稽古をつづけていると、掌の皮がべろりと剝けて出血もひどくなった。やむなく、ゆきは手ぬぐいを裂いて、掌に巻き付け、それで稽古をつづけていた。

「いくぶん、痛みはやわらいできました。それに、掌の皮が破れても、命にかかわるようなことはございません」

「そうだが……。兄が、このような軟弱でなかったらな。女のおまえに、剣など握らせずに済むのに」

泉之助が肩をすぼめて力なく言った。泉之助は、妹思いであった。

「兄上、ゆきは兄上といっしょに父の敵を討ちたいと願っているのです。すこしも、苦しいと思ったことはありません」

ゆきが励ますように言った。

「そうだな、なんとしても、ふたりで倉本を討たねば、帰参もかなわぬからな」

泉之助は藩に敵討ちの願いを出し、許されて出府したのである。

当初は泉之助ひとりで来るつもりだったが、

「兄上、わたしもごいっしょします」

と、ゆきが言い出した。

泉之助はゆきがいっしょなら心強かったが、国許に母親をひとり残すわけにもいかなかったので、ゆきに残るように言った。

ところが、母親が、国許のことは心配せず、兄妹で力を合わせて父の敵を討つよう強く訴えたため、兄妹で出府したのである。母もゆきも、泉之助が病気がちで脆弱だったのを危惧《きぐ》したのだ。

「兄上、一日も早く倉本を討つためにも稽古をつづけましょう」

ゆきが言った。

「そうだな」

泉之助は気持ちをひきしめ、ふたたび青竹を地面に立てた。

そのとき、戸口の方で足音が聞こえた。見ると、武左衛門が足早にやってくる。何かあったらしく、顔がこわばっている。

「剣術の稽古か」

武左衛門が屈託のある顔で訊いた。

「はい」

「稽古もいいが、早く倉本たちを討ってもらわねばな」

「伯父上、何かありましたか」

泉之助が刀を鞘に納めて訊いた。

「昨夕、栗田どのが斬られたのだ」

「栗田どのが!」

泉之助が驚いたような顔をした。ゆきもそばに来て、顔をこわばらせている。

栗田茂助は、佐原派の目付で、山城の不正を探っていた男である。

「昨日、八丁堀沿いの道で斬られたらしい」

武左衛門によると、栗田は行徳河岸にある前田屋を探りにいった帰りに襲われたらしいという。

「倉本たちですか」

「襲った者たちははっきりせぬが、そうとしか考えられん」

武左衛門が苦渋の顔をした。

いっとき、三人は口をつぐんでいたが、武左衛門が周囲を見渡し、

「百地どのは」

と、訊いた。

「裏の土手に」

ゆきが答えた。

「また、昼寝か」

武左衛門が、あきれたような顔をした。

「ゆき、呼んできてくれ。栗田どのが斬られたことを話しておこう」

「分かりました」

そう答えて、ゆきが裏手へまわろうとした。

ふいに、ゆきの足がとまった。数人の武士の姿が目に入ったのだ。枝折《しお》り戸《ど》を押して、戸口の方へ走り寄ってくる。

いずれも、二刀を帯び、黒覆面で顔を隠していた。身辺に殺気立った雰囲気があ

る。


——わたしたちを斬るつもりだ！

と、ゆきは察知した。


そのとき、十四郎は土手の桜の木陰で、横になっていた。眠ってはいなかった。いっとき前、額を歩く蟻に目が覚めたのである。

——稽古をやめたのかな。

それまで聞こえていた泉之助とゆきの発する気合や竹を斬る音がとだえた。十四郎が泉之助たちのいる家の方に耳をかたむけていると、曲者です！と叫ぶゆきの声が聞こえた。つづいて、伯父上、ゆき、逃げろ！という泉之助の叫び声が起こった。

——刺客だ！

十四郎は、傍《かたわ》らに置いてあった大刀をつかんで立ち上がった。一気に土手を駆け下り、泉之助たちのいる家へ走った。

家の庭から、男たちの怒号やゆきの悲鳴、武左衛門のうわずった叫び声などが聞こえた。何者かが、泉之助たちを襲っているようだ。

十四郎は板塀のとぎれた裏手から家の脇をまわり、飛び込むような勢いで庭に走りでた。

2

襲撃者は五人。覆面で顔を隠した藩士らしい武士が、泉之助、ゆき、武左衛門の三人を取りかこんでいた。

まだ、三人とも無事らしい。ただ、泉之助の着物の片袖が斬られ、露になった二の腕に血の色があった。敵刃を受けたらしい。泉之助とゆきは目をつり上げ、必死の形相で敵と対峙していた。武左衛門も刀を手にし、切っ先を敵にむけている。ただ、腕に覚えはないらしく、腰が引けて刀身が震えていた。

「待て、待て！」

十四郎が、泉之助たちの前に駆け寄った。

「百地だ！」

襲撃者の後方にいた長身痩軀の男が、声を上げた。

――横溝だな。

顔を隠していたが、その声と体軀から、十四郎は百獣屋の近くで泉之助とゆきを襲撃した集団を率いていた横溝だと察知した。襲撃者たちの間に動揺がはしった。十四郎のことを知っているのだろう。

「ひとり、後ろへまわれ、おれが斬る！」

横溝の脇にいた中背で、固太りの男が十四郎の前に出てきた。どっしりとした腰、厚い胸、太い首。武芸の修行で鍛えた体であることは一目で分かった。覆面の隙間から細い目が刺すようなひかりを放っている。この男は、百獣屋の近くで泉之助たちを襲った一味のなかにはいなかったようだ。顔は分からなかったが、そのとき見た体軀ではない。

その声で、小柄な男がすばやく十四郎の左手後方にまわり込んできた。

「うぬは、何者だ」

十四郎は誰何しながら抜刀した。

「名無しだ」

男は低い声で言うと、切っ先を十四郎にむけた。

青眼である。切っ先が十四郎の喉元にピタリとつけられている。

――東軍流だ！

十四郎は察知した。大川端で立ち合った長身の構えと似ていた。腰の据わった構えで、体をまったく動かさない。それでいて、剣尖にはいまにも喉を突いてくるような威圧があった。

とすると、この男は倉本、青木、持田のいずれかであろう。

「いくぞ」

十四郎はすぐに勝負を決したかった。襲撃者のうち三人が、泉之助やゆきたちに迫っていたからである。

十四郎は青眼に構えると、左手後方の男の動きに気を配りながら切っ先をかすかに上下させた。そして、両踵をわずかに浮かせた。一瞬の動きを迅《はや》くするためである。

そのとき、泉之助と対峙していた痩身の男が、斬り込む気配を見せて間合をつめ始めた。泉之助は恐怖で顔が蒼ざめ、腰が浮き上がっている。八相に構えていたが、刀身がワナワナと震えていた。その様子を目の端でとらえた十四郎は、

——泉之助が斬られる！

と、察知した。

「泉之助、敵は竹棒だ、竹棒を斬れ！」

十四郎が叫んだ。

ふいに、泉之助が、キエエッ！　と喉のつまったような気合を発し、いきなり前に疾走して袈裟に斬り込んだ。

思わぬ攻撃に、痩身の男が虚を衝かれた。慌てて身を引きざま、刀身を振り上げて泉之助の斬撃を受けようとしたが、一瞬、遅れた。

ザクリ、と中背の男の肩口が裂けた。

泉之助の一撃が男の肩口をとらえたのである。だが、瞬間、男が身を引いたので、致命傷をあたえるほどの深い斬撃にはならなかった。

男は身をのけ反らせ、呻き声を上げながら後ろへよろめいた。

「き、斬った……」

泉之助が、ひき攣《つ》ったような顔でつぶやいた。初めて人を斬った興奮であろう。つっ立ったまま激しく体を顫わせている。とそのとき、十四郎と対峙していた中背の男が、足裏を擦るようにして身を寄せてきた。同時に、左手後方の男も間をつめ始めた。

イヤアッ！

突如、十四郎は鋭い気合を発し、つ、つと前に出た。

ふたりは一気に斬撃の間に迫った。

ふいに、中背の男が仕掛けてきた。裂帛の気合を発し、青眼から真っ向へ斬り込んできたのだ。

間髪をいれず、十四郎が反応した。

青眼から逆袈裟に刀身を撥ね上げて中背の男の斬撃をはじくと、反転しざま、左手後方から迫ってきた小柄な男の手元へ斬り込んだ。神速《しんそく》の体捌きである。

小柄な男が短い叫び声を上げ、後じさった。右の前腕から血が噴いている。

次の瞬間、十四郎が大きく背後に跳んだ。中背の男の反撃を避けるためである。

ふたたび、十四郎は間をとって中背の男に切っ先をむけた。

「や、やるな」

中背の男の目に驚愕の色があった。十四郎がこれほど遣うとは思わなかったのかもしれない。

「かかってこい。ひとり残らず、斬り捨ててくれる！」

十四郎が威嚇《いかく》するように声を上げた。

襲撃者たちの目に動揺の色が浮いた。飛び込んできた十四郎の腕に圧倒されている。しかも、五人のうち、ふたりは斬られて戦力を失っていた。

「ひ、引け！」

声を上げたのは横溝だった。

横溝が反転して駆けだすと、傷付いたふたりが後を追い、他のふたりも大きく身を引いた。

「百地、いずれ、うぬの首はもらいうけるぞ」

そう言い置き、中背の男も反転して走りだした。

十四郎は逃げて行く五人の後を追わなかった。泉之助たち三人も刀をひっ提げたまま、蒼ざめた顔でその場につっ立っている。泉之助だけでなく、武左衛門とゆきの体にも血の色があった。武左衛門は着物の脇腹が裂けている。ただ、かすり傷らしく出血はわずかだった。ゆきは左の二の腕を斬られたらしい。これも、浅手のようだ。

「大事ないか」

十四郎は、泉之助たちに歩を寄せて訊いた。

「は、はい、お師匠に来ていただかなければ、いまごろわたしたちは……」

そう言って、ゆきが語尾を呑んだ。たしかに、十四郎が駆け付けなければ、三人とも斬殺されていただろう。

「も、百地どの、話に聞いていたとおりだ。なんとも、強い……」

武左衛門が声を震わせて言った。瞠《みひら》いた目に、驚嘆の色がある。十四郎の剣を目の当たりにして、腕のほどが分かったらしい。

3

「背丈のある男は、泉之助とゆきを襲った男のようだな」

十四郎が言った。

「横溝新三郎だな」

武左衛門が顔をしかめた。

「おれと向き合った固太りの男だが、あやつ、東軍流を遣うのではないか」

「倉本ではございません。おそらく、同門の持田甚八でしょう」

泉之助が震えを帯びた声で言った。まだ、人を斬った興奮が収まらないらしい。

「次は、倉本もくわわって、ここを襲うかもしれんな」

十四郎がそう言うと、

「実は、栗田茂助どのが斬られたのだ」

と、武左衛門が口を挟んだ。

「次席家老、山城源左衛門の不正を探っていた目付だな」

十四郎は浄光寺で栗田と会っていた。

「そうだ。前田屋を調べにいった帰りに、倉本たちの手にかかったらしい」

「どうも、こちらの思惑とは逆だな」

十四郎が言った。

「逆とは」

「倉本たちを討つどころか、討たれているのは、こちらではないか」

「まことに、おおせのとおりだ」

武左衛門が渋い顔をして、それにしても、きゃつら、どうして泉之助たちがここにいることを知ったのであろう、と不審そうな顔でつぶやいた。

「尾けられたのだろうな」

武左衛門かもしれないし、浄光寺からの帰りに尾けられたとも考えられる。

「いずれにしろ、泉之助とゆきは、ここにいるわけにはいかんぞ。明日にも、人数を増やして襲ってくるだろう」

ちかごろ、十四郎は泉之助とゆきを呼び捨てるようになった。兄妹が十四郎を師匠と呼ぶようになったとき、泉之助が剣術の弟子なのだから呼び捨ててくれと言いだし、そうするようになったのである。

「そ、そうだな」

武左衛門が困惑したように顔をしかめた。

「どこかに、身を隠すところはないか」

「敵討ちの身で、藩邸に寝泊まりするわけにはいかんし、適当な町宿もないし
……」

武左衛門はいっとき思案するように首をひねっていたが、十四郎に身を寄せて、

「百獣屋はどうであろうか」

と、小声で訊いた。

「おれのいる店か」

「そうだ。いつも、おぬしがそばについてくれるし、稽古の手解きもしてもらえる。こんな都合のいい場所はないぞ」

武左衛門が目を剝いて言った。当の泉之助とゆきは、戸惑うような顔をしている。

「だが、百獣屋にふたりを匿うのはむずかしいぞ」

一階には店の他に三間あるが、一間は依頼人との密談に使い、他の二間は茂十とおはるの寝間兼居間である。二階にも三間あった。一間は十四郎が使い、一間は依頼人の宿泊のために空けている。もう一間は狭い納戸である。泉之助とゆきを匿う

とすれば、依頼人の宿泊用の部屋だが、店に客が出入りするので人を匿うのはむずかしいだろう。

「どこか、いい宿はないのか」

武左衛門が声を強くして訊いた。

「うむ……」

十四郎は渋い顔をした。武左衛門は勝手である。剣術の指南をさせた上に、ふたりの身を守り、住処《すみか》まで心配しろと言っているのだ。

「長屋だな」

十四郎は、波野の住む長次郎店に空き部屋があると聞いていたのだ。茂十に請人《うけにん》になってもらえば、泉之助とゆきも住むことができるだろう。それに、百獣屋とも近いので、何かあればすぐに駆け付けることができる。

十四郎がそのことを言うと、

「長屋な」

と、武左衛門が不服そうな顔をした。泉之助とゆきは、武士の兄妹である。慣れない江戸の地で、町人に混じって長屋住まいをさせるのは、かわいそうだと思ったのかもしれない。

「わたし、そこへ行きます」

ゆきが言うと、泉之助もうなずいた。

さっそく、十四郎は泉之助とゆきに身のまわりのものを持たせ、百獣屋に連れていった。そして、茂十にわけを話すと、

「いいだろう、わしが話をつけよう。長次郎店の大家とは、付き合いがあるからな。何とかなるだろう」

そう言って、泉之助たちを長次郎店に連れていった。

大家は五十がらみ、ひどく痩せて、頭骨に皮を張り付けたような顔をしていた。名は作兵衛《さくべえ》。

「いいですとも、茂十さんが、請人なら安心です。今日からでも、入ってくだされ」

作兵衛は満面に笑みを浮かべて言った。愛想がいい。おそらく、茂十からひそかに相応の袖の下が渡されたのであろう。

その日、十四郎の他に波野と妻の満、それに娘の鶴江も手伝い、泉之助たちの入る部屋の掃除をした。その間に、茂十が暮らしに欠かせない小道具やふたり分の夜具も調達してきて、何とか兄妹で暮らせるようになった。

「かたじけのうございます」

泉之助が、居合わせた十四郎や波野の家族に深々と頭を下げると、ゆきも涙声で礼を口にした。十四郎たちの親切が身に染みたようだ。

「なに、御助人は、こういうことも仕事のうちでしてな」

茂十が言った。抜け目のない茂十は、敵討ちを終え、残金をもらうときに、それまでにかかった費用も加算させるはずである。

「ところで、お師匠、剣術の稽古はどこでやりますか」

泉之助が十四郎に訊いた。やる気になっている。十四郎に声をかけられ、敵のひとりを斬ったことで、剣に対する自信と意欲が湧いたのであろう。十四郎に対する畏敬の念も強まっているようだ。

「稽古な」

十四郎は、波野に目をやった。

「脇が空き地になっている。そこでやればいい。おれも、手がすいたときは汗を流そう」

波野が言った。

「泉之助、波野にも指南してもらえるぞ。波野は心形刀流の遣い手だからな」

十四郎がそう話すと、

「お師匠が、ふたりですね」

泉之助が喜色を浮かべて言った。

4

八丁堀沿いの、本湊町の北詰《きたづめ》に鉄砲洲稲荷《いなり》があった。その稲荷の南側の大川端に、川島屋《かわしまや》という老舗の料理屋がある。

助八は川島屋の裏手の路地を歩いていた。腰に脇差を差し、医師の薬箱のようなはさみ箱を肩にかついでいる。膏薬を売り歩くときの格好である。

助八は、佐吉から滝園藩の留守居役の村越と前田屋のあるじの新兵衛が、鉄砲洲界隈の料理屋で宴席をもよおすときがあると聞き、倉本たちも姿を見せることがあるのではないかと思い、探ってみる気になったのである。

助八は鉄砲洲界隈で膏薬を売りながら、前田屋のあるじや滝園藩の家臣が利用する料理屋のことを訊いて歩いた。すると、大川端の料理屋で女中をしているお仙《せん》という年増が、

「前田屋のご主人の新兵衛さんなら、川島屋さんを贔屓《ひいき》にしてるようだよ。お大名

の家臣のことは、知らないけどね」

と、口にしたのである。

それを聞いた助八は、直接川島屋の奉公人に話を聞いてみようと思い、店まで足を運んできたのだ。川島屋の裏手には細い路地があり、小体《こてい》な一膳めし屋、煮売り酒屋、小料理屋などがごてごてと軒を連ね、その先は川岸の土手になっていた。泥溝《どぶ》の臭いのする裏路地である。いっとき、助八は煮売り酒屋の脇に立って川島屋の裏口に目をむけていたが、長く立っていると不審に思われるので、ゆっくりと路地を歩きだした。

そのとき、川島屋の裏戸があいて、若い男が姿を見せた。豆絞りの手ぬぐいを肩にかけ、子持縞《こもちじま》の単衣を裾高に尻っ端折《しりぱしょ》りしている。店の若い衆《し》か、包丁人見習いであろう。

「ちょいと、待ってくれ」

助八が後ろから声をかけた。

「おれかい」

若い男が足をとめて振り返った。

「へい」

「なんでえ、膏薬売りか。膏薬はいらねえぜ」

若い男が、うす笑いを浮かべながら言った。

「あっしの膏薬はそんじょそこらの膏薬とは、効き目がちがいやすぜ。あっしの膏薬を臍《へそ》の脇にでも貼ってみなせえ」

言いながら、助八が近付いた。

「腹痛《はらいた》でも治るって、言いてえのか」

「そんなんじゃァねえ。あっしの膏薬はよく吸い付きやしてね。こいつを下腹のあたりに貼ると、女まで吸い付いてきやすんで」

「女が吸い付くだと、でたらめ言うんじゃァねえ」

若い男の顔に卑猥な笑いが浮いた。機嫌がよくなったようである。

「女を吸い寄せるだけじゃァねえんで。おめえさん、ちょいと、掌《て》をひらいてみてくんねえ」

「こうかい」

若い男が掌をひらいた。

すかさず、助八は用意しておいた一朱銀を男の掌に握らせ、金にもなりやす、と小声で言った。

「ちょいと、訊きてえことがありやしてね」

助八が声をあらためて言い添えた。

「何が訊きてえ」

若い男はニヤニヤしながら一朱銀を握った手をふところに突っ込んだ。袖の下が利いたようである。男にとっては、一朱は思いもしない実入りだったはずである。

「実はあっしの可愛い妹が、さんぴんに手籠《てご》めにされたんでさァ。妹のやつ、泣き寝入りするつもりだが、おれは、そいつに仕返しをしてやりてえ」

助八はもっともらしい作り話を口にした。聞き込みのときによく使う手である。

「それで、おれに何を訊きてえんだ」

「そのさんぴんだが、出羽国の滝園藩の家臣だと分かってやしてね。お屋敷に奉公してる中間に訊いたところ、川島屋にときどき飲みにくるそうなんで」

「何てえ名だい」

若い男が訊いた。顔から笑いが消えている。浮いた話ではないと思ったからであろう。

「背の高《たけ》え男で、倉本桑十郎ってえ名だ」

助八は倉本の名を出した。

「聞いたことがねえな」

若い男は首をひねった。

「川島屋には、滝園藩の家臣がよく来るって聞いてるがな」

「ときどき来るのが、御留守居役の村越さまだ。倉本ってえ名は聞いたことがねえぜ」

「御留守居役がひとりで来ることはあるめえ。何人か供を連れて来るんじゃァねえのか」

「ま、そうだ」

「横溝新三郎って男はどうだい。横溝も妹を手籠めにしたひとりなんだ。こいつは、背が高くて痩せている」

助八は横溝の名も出してみた。十四郎から井川兄妹の敵討ちにかかわりのある滝園藩士の名を聞いていたのだ。

「横溝さまは来たことがあるな。……ただ、村越さまとは別だったぜ。たしか、滝園藩のご家臣が、四、五人いっしょだったと思うが」

若い男ははっきりしないのか、首をひねりながら言った。

「やっぱりそうか。……それで、横溝の塒《ねぐら》はどこだい。藩のお屋敷にいねえことは分かってるんだ」

「そこまでは知らねえ」

「横溝たちが、川島屋に来るまで待つわけにはいかねえし、あきらめるしかねえのか」

助八は、がっかりしたようにうなだれて見せた。

「おかよなら知ってるかもしれねえぜ」

若い男が言った。

「おかよだと」

「うちの店の座敷女中でな。横溝さまが贔屓にしてるらしいんだ」

若い男が声をひそめて言った。

「おかよは店にいるのかい」

助八が訊いた。

「いまはいねえが、あと、半刻（一時間）もすれば来るはずだぜ」

若い男によると、おかよは通いで、八ツ半（午後三時）ごろ、店に入ることが多いという。

「どんな女だい」

助八はおかよに当たってみようと思った。

「色白の年増で、路考茶《ろこうちゃ》の渋い帯をしめてくることが多いな」

そう言うと、若い男は、いつまでも油を売っちゃァいられねえな、とつぶやき、そこから離れたい素振りを見せた。何か用があって店から出てきたのであろう。

「手間をとらせて悪かったな」

助八は若い男を解放した。後は、おかよから聞き出すのである。

5

「あの女だな」

助八は、おかよにまちがいないと思った。

色白の年増である。格子縞の着物に路考茶の渋い帯をしめ、黒塗りの下駄を履いていた。胸のあたりに風呂敷包みをかかえている。

川島屋の裏手の路地だった。助八は、小半刻（三十分）ほど前から路傍の板塀の陰に身を寄せて、おかよが来るのを待っていたのだ。

「姐《あね》さん、ちょいと待ってくだせえ」

助八は板塀の陰から出ると、女の背後から声をかけた。助八は手ぶらだった。膏薬の入ったはさみ箱は板塀の陰に置いたままである。

「何か用かい」

女の顔に怪訝《けげん》そうな表情が浮いた。

「おかよさんかい」

「そうだよ。あんた、だれだい」

おかよが訊いた。色っぽい女だが、伝法な物言いである。客擦れしているのであろう。

「助造《すけぞう》といいやす」

助八は、咄嗟《とっさ》に頭に浮かんだ偽名を使った。

「あたしに、何か用なのかい」

「店の若い衆から小耳にはさんだんですがね。おかよさんは、滝園藩のご家臣で横溝さまの宴席につかれたことがあるそうで」

助八は袖の下を使わなかった。できれば、使わずに聞き出したかったのである。

「それがどうかしたかい」

おかよが警戒するような顔をした、見ず知らずの者に、突然客のことを訊かれれば怪しんで当然だろう。

「あっしは、横溝さまにご恩がありやしてね」

助八が言った。

「恩ねえ」

おかよの顔には不審そうな表情があった。助八の話を疑っているようだった。

「あっしは、滝園藩のお屋敷に中間奉公してたことがありやして。そんとき、屋敷の近くでならず者に因縁をつけられやしてね。あわやというときに、ちょうど通りかかった横溝さまに、助けていただいたんでさァ」

助八は適当な作り話をした。

「へえ、そんなことがあったんだ」

おかよの顔がいくぶんなごんだ。助八の話を信じたようだ。それに、馴染みの客が人助けをしたと聞いて、悪い気はしなかったのだろう。

「あっしは、横溝さまにあらためて礼を言おうと思っていやしたが、どういうわけか、お屋敷から姿を消しちまいやしてね。ご家中の方にそれとなく訊いたんだが、どこにいるか分からねえ。そんなとき、横溝さまが、川島屋にお見えになることがあると耳にしたんでさァ」

助八がもっともらしく言った。膏薬売りで、いつも客とのやり取りをしているだけに、こうした話は巧みである。これも、助八の探り人としての腕であった。

「横溝さまは、月に二、三度はお見えになるよ」

おかよは、口元に笑みを浮かべて言った。

「それで、おかよさんは、横溝さまがどこにお住まいか、ご存じですかね。なに、お会いして、礼だけでも言いたいんでさァ」

助八が殊勝な顔をして訊いた。

「どこにお住まいなのか、あたしも知らないんだよ。……たしか、ご家中の方と浜松町に住んでいると言ってたけど」

おかよが言った。

「浜松町のどこだい」

浜松町は東海道沿いにひろがる町である。町名だけで、探し当てるのは大変だろう。

「さァ、増上寺が正面に見えると聞いたような気がするけど……」

おかよが首をかしげた。あまり、はっきりしないのだろう。

それから、助八は横溝といっしょに来た客のことも聞いたが、同じ滝園藩の家臣らしいというだけで、名も分からなかった。

「足をとめさせて悪かったな」

助八はおかよに礼を言って、その場を離れた。

おかよは、下駄を鳴らし、慌てた様子で川島屋の方へ小走りにむかった。助八と話し込んで、店に入るのが遅れてしまったと思ったのかもしれない。

翌朝、助八は佐吉とふたりで、浜松町へむかった。浜松町は東海道沿いに一丁目から四丁目までつづくひろい町だった。佐吉と手分けして、横溝の塒をつきとめようとしたのである。

ふたりは浜松町に着くと、増上寺の正面に近い一丁目と二丁目から手分けして当たることにした。

「滝園藩の家臣の住む借家を当たるしかねえな」

そう言って、助八は佐吉と分かれた。

助八は、増上寺の表門につづく大門通り付近から、聞き込みを始めた。これといった当てはなかったので、借家住まいの武士が立ち寄りそうな酒屋、一膳めし屋、そば屋などで話を訊いてみた。

手間がかかると思っていたが、予想に反して、聞き込みを開始して一刻（二時間）ほどすると、それらしい借家が知れた。

表通り沿いにあった酒屋の親爺《おやじ》が、

「その路地の先に、滝園藩のご家臣が住んでるよ」

と、店の脇にある細い路地を指差しながら言った。

詳しく訊くと、林稲右衛門という滝園藩士が借家を町宿として暮らしていたが、一年ほど前に出て空き家になっていたという。ところが、二月ほど前から、また林が舞い戻り、ふたりの藩士といっしょに三人で住むようになったそうである。

助八は林の名も十四郎から訊いていた。横溝たちといっしょに井川兄妹を襲ったひとりである。

「ふたりの名は分かるかい」

助八が訊いた。

「ひとりは、横溝さまと聞いてるが、もうひとりは分からねえ」

「横溝さまか」

しめた、と助八は思った。やっと、横溝の塒をつきとめたのである。横溝は、井川兄弟を襲った四人の頭格の男だと聞いていた。おそらく、横溝や林の周辺に倉本もいるにちがいない。

「その家に、他のお武家が訪ねてくるようなことはねえかい」

助八が訊いた。

「さァ、そこまでは知りませんね」

親爺はつっけんどんな物言いをして、助八の前から離れたい素振りを見せた。いつまでも、客ではない男と油を売っているわけにはいかないと思ったようだ。

「手間を取らせたな」

助八は、すぐに酒屋を出た。ともかく、その借家を見てみようと思ったのである。

狭い裏路地だった。一町ほど小体な店や表長屋などがつづき、その先は笹藪や空き地などの多い寂しい地である。夏草の茂った空き地の先に板塀をめぐらせた仕舞屋があった。古い借家ふうの家屋である。

――これらしいな。

と、助八は思った。路地沿いに、借家ふうの家はここしかなかったのである。

助八は板塀に身を寄せて、なかを覗いてみた。人のいる気配はなかった。家は静寂につつまれ、人声も物音もしなかった。

家は、だいぶ傷んでいた。板塀は所々朽ちてはずれ、庇《ひさし》が落ちかけていた。狭い庭があったが、夏草におおわれている。ただ、人が暮らしている様子はあった。戸口付近は踏み固められて雑草が生えていなかったし、庭に面した雨戸があけられて障子になっていた。そのとき、ふいに背後に忍び寄る人の気配がした。

助八は、ギョッとして振り返った。

佐吉だった。佐吉が足音を忍ばせて近付いて来たのだ。

「な、なんだ、おめえか。脅かすな」

思わず、助八が言った。

すると、佐吉が、家のやつに聞こえやすぜ、と声を殺して言った。どうやら、家人に気付かれないよう足音を立てずに近寄ってきたらしい。

「なかに、だれもいねえんですかい」

佐吉が助八の脇に来て訊いた。

「留守らしいな。おめえも、やつらの塒がここだと聞き込んだのかい」

「そうでさァ」

佐吉が、横溝の住む町宿がここにあると訊いて来たと言い添えた。

「だれもいねえ家を眺めてたってしょうがねえ。表通りで、もうすこし聞き込んでみるかい」

助八が言った。

「そうしやしょう」

ふたりは表通りへもどり、陽が西にかたむくころまで聞き込んだ。その結果、町宿に住んでいるのは林と横溝だけらしいことが分かった。ただ、他の藩士がときどき訪ねてきて泊まることもあるらしい。酒屋の親爺は、三人で住んでいると言ったが、別の藩士が訪ねてきたときに見て、勘違いしたのだろう。

「ももんじの旦那に、話しておくか」

井川兄妹の敵の倉本の塒ではなかったが、横溝たちの隠れ家を知らせておく必要があると思ったのだ。

「そうしやしょう」

佐吉がうなずいた。

6

十四郎が助八と佐吉から話を聞いたのは、百獣屋の飯台で獣肉の鍋を肴に一杯やっているときだった。

「横溝と林の隠れ家か」

十四郎は、ふたりのうちどちらかをつかまえ、痛めつけて倉本の隠れ家をつきとめる手もあると思った。

だが、そこまでやることもない、と思い返した。それをやるなら、十四郎たち御助人ではなく、目付である太田原たちであろう。十四郎たちは、井川兄妹に父の敵を討たせてやることが仕事で、藩の騒動にそこまで深入りすることはないのだ。

「どうするか。武左衛門どのにまかせるか」

十四郎がそう言うと、脇で聞いていた茂十が髭もじゃの顎を撫でながら、

「その前に、助八と佐吉のふたりで、横溝と林を尾けてみちゃァどうだい。倉本の塒がつかめるかもしれねえぜ。武左衛門さまに話すのは、それからでも遅くはねえだろう」

と、低い声で言った。

「そうだな」

十四郎も、その方がいいと思った。せっかく横溝と林の塒をつかんだのだから、利用しない手はないのである。

「承知しやした」

助八が言って、佐吉もうなずいた。

「ま、一杯飲め」

十四郎は助八と佐吉の猪口に酒をついでやった。

それから五日後、助八が百獣屋に姿をあらわした。何かつかんだらしく、目がひかっている。

「どうした何か分かったか」

十四郎が訊いた。

「へい、倉本じゃァねえが、青木又十郎ってやつの塒が分かりやしたぜ」

助八が十四郎に身を寄せて言った。

「倉本と同門の男だ。それで、どこにひそんでいた」

「それが、行徳河岸でさァ」

「前田屋か」

「前田屋じゃァねえ。前田屋から一町ほど離れたところに、船頭や荷揚げ人足などの住む長屋がありやしてね。そこにひそんでいやした」

助八によると、長屋は三棟あり、その一棟に青木と板倉源五郎が身を隠していたという。これまでも、助八と佐吉は前田屋の店舗には探りを入れていたが、離れた場所にある奉公人たちの住む長屋までは目がとどかなかったという。ところが、尾行した青木と林が、長屋に立ち寄ったので、それと分かったのだ。

板倉は、横溝たちと井川兄妹を襲ったひとりであった。これで、横溝、林、板倉の三人と青木の潜伏先がつかめたことになる。

「助八、佐吉とふたりで青木を尾けてくれ。かならず、倉本と会うはずだ」

どうやら、隠れ家をつきとめられないよう、倉本たちはふたりずつ分散して市中に身を隠しているようだ。おそらく、倉本と持田は同じ隠れ家にいるだろう。

「承知しやした」

助八はすぐに百獣屋から出て行った。

十四郎は青木の隠れ家が知れたので、横溝たちが浜松町の町宿にひそんでいることは太田原たちに伝えてもよいと思った。青木から倉本をたぐれると踏んだのである。

十四郎も店を出て、神田平永町に足を運んだ。柴崎に会って、武左衛門とつないでもらうためだった。長次郎長屋にいる泉之助に話してもよかったが、泉之助が愛宕下の藩邸に出かけて武左衛門に会うことは避けさせたかったのだ。せっかく、身を隠しているのに、倉本たちの目にとまる恐れがあったからである。

十四郎から話を聞いた柴崎は、

「承知した。すぐに、武左衛門どのにお伝えいたそう」

そう言って、その日のうちに愛宕下へむかった。

十四郎が柴崎と会った三日後、十四郎と波野は増上寺の門前町へむかった。武左衛門から、深沢も同席するので、門前町の大門通りにある八長屋《はっちょうや》という料理屋に来てもらえないかとの連絡があったのである。

十四郎は波野だけ同行させた。今日のところは、深沢や武左衛門と話をするだけである。八長屋はすぐに分かった。増上寺の大門通りは料理屋や茶店などが多かったが、八長屋は名の知れた老舗で、二階建ての店は通りでも目を引いたからである。

格子戸をあけて店に入ると、女将《おかみ》らしい年増が顔を出し、十四郎たちを二階の座敷に案内してくれた。

座敷には五人の武士が座していた。佐原の懐刀の深沢辰之進、太田原、武左衛門、それに浄光寺で顔を見たが、名は知らぬふたりの藩士である。

「百地どの、波野どの、ようおいでいただいた」

深沢が目を細めて言った。十四郎と波野が用意されていた座布団に座ると、すぐに廊下を歩く複数の足音がし、さきほどの女将と女中が酒肴の膳を運んできた。十四郎たちが着きしだい、膳を運ぶよう指示されていたのだろう。

「まず、一献」

深沢が銚子を取って、十四郎と波野に酒をついでくれた。

集まった男たちで酌み交わし、いっとき喉を潤した後、

「ところで、横溝の潜伏先が知れたそうですな」

と、深沢が声をあらためて訊いた。

「横溝と林の住処がな」

十四郎は、助八から聞いた浜松町の借家にふたりがいることを話した。まだ、青木と板倉が前田屋の長屋に身をひそめていることは、口にしなかった。青木から倉本の隠れ家をつきとめたいと思っていたからである。

それを聞いた太田原が、

「浜松町の町宿か。林はそこを出たはずだが、舞い戻っていたのか」

と、悔しそうな顔をして言った。太田原たち目付も、林の町宿が浜松町にあったことはつかんでいたのだろう。ただ、林は一度そこを出ていたので、見逃したにちがいない。

「それで、横溝と林をどうされるな」

深沢が、十四郎に訊いた。

「おれたちの仕事は、井川兄妹に倉本を討たせることだ。横溝たちのことは、そち

らにおまかせしたいが」

十四郎が、太田原に目をむけて言った。

「深沢さま、横溝と林はわれらにおまかせくだされ」

太田原が言った。

「ふたりをどうする」

「捕らえて吟味するつもりですが、おそらく縄は受けますまい。歯向かえば、斬ることになるかもしれませぬ」

太田原がそう言うと、同席していたふたりの藩士がけわしい顔でうなずいた。

後で、武左衛門から聞いて分かったことだが、ふたりの名は国松《くにまつ》弥太郎《やたろう》と島内欣次郎《しまうちきんじろう》。ふたりとも下目付だという。なお、滝園藩では、下目付は目付の下役だそうである。おそらく、太田原の配下なのだろう。

「やむをえんな」

深沢がうなずいた。

それから、十四郎と波野は、深沢から山城源左衛門の不正をあばくために探索を進めていることや、山城派の江戸の中核になっている村越の動向を注視していることなどを聞いた。十四郎たちにはどうでもいい話だったが、我慢して耳をかたむけていた。

深沢の話が一段落したとき、十四郎が、

「ただ、倉本たちも、手をこまねいて見ているわけではないだろう」

と、口にした。敵も、佐原派の要人を暗殺するために暗躍しているはずである。

そのために、倉本たち刺客が江戸に送り込まれたのである。浄光寺での密会以後も、栗田が斬殺され、武左衛門や井川兄妹の命が狙われているのだ。

十四郎がそのことを話すと、

「承知している。そのためもあって、市中に潜伏している倉本たちを一刻も早く始末したいのだ」

深沢が顔をけわしくして言った。

7

「ももんじの旦那、六人もいやすぜ」

助八が小声で言った。

「ももんじではない。百地だ」

十四郎が、仏頂面をして言った。

「へい、百地の旦那」

助八が横を向いて、舌を出した。いっこうに呼び方を直す気はないようである。

十四郎と助八は、浜松町の横溝と林の住む町宿のそばに来ていた。笹藪の陰から家の方に目をむけていたのだ。

この日、陽が沈むころに、太田原たちが横溝と林を捕らえるために町宿に踏み込むと聞き、様子を見に来たのである。

太田原たちは六人いた。いずれも目付筋の者であろう。国松と島内の姿もあった。六人は家をかこった板塀の陰で、戦いの支度をととのえた。支度といっても、襷で両袖を絞り、袴の股だちを取るだけである。

支度を終えると、六人のうちのふたりが板塀から離れ、枝折り戸を押して家に近付いていった。なかの様子を確かめに行ったらしい。

ふたりは、縁側にちかい戸袋の脇に身を寄せ、なかの様子をうかがっていたが、いっときすると、太田原の許にもどってきて、何やら報告していた。

太田原が、行け、というふうに手を振った。

六人の男が足音を忍ばせて、枝折り戸から戸口へ近付いていく。

正面の戸口にふたり、庭の方へ太田原と三人の男がまわった。縁側から庭へ飛び出してきたところを捕らえるつもりらしい。

先に仕掛けたのは、戸口にいたふたりだった。引き戸をあけて家のなかへ踏み込むと、横溝と林の名を大声で叫んだ。

その声で、家のなかが急に騒然となった。男の怒号、床を踏む足音、慌ただしく障子をあける音などが聞こえてくる。

「だ、旦那、出て来た！」

助八が声を上げた。

縁側に面した障子があき、家のなかから長身の男が姿を見せた。十四郎はその体軀に見覚えがあった。横溝である。

横溝につづいて、中背の男が顔を出した。林であろう。

「横溝、林、われらと同行してもらいたい」

太田原が強い口調で言った。その場にいた三人の藩士が、横溝と林を取りかこむように走った。

「太田原、うぬの指図は受けぬわ！」

横溝が叫びざま抜刀し、縁先から庭へ飛び下りた。つづいて、林も刀を抜いて庭へ出た。

「歯向かうつもりか」

太田原も抜刀した。

三人の藩士も次々に抜刀し、横溝と林を取りかこむように動いた。

そのとき、家のなかに踏み込んだふたりが縁先から姿を見せ、庭に飛び下りて切っ先を横溝と林にむけた。太田原たちは六人で、横溝と林を取りかこんだのだ。

「取り押さえろ！」

太田原が声を上げた。できれば、横溝と林を斬らずに、捕縛したいのであろう。

太田原だけは、刀身を峰に返していた。

「こうなったら、皆殺しにしてくれる」

叫びざま、横溝がいきなり正面に立った国松に斬り込んだ。

身を寄せざま真っ向へ。たたきつけるような斬撃だった。

オオッ！

と声を上げ、国松が刀身を振り上げて、横一文字に横溝の斬撃を受けた。

だが、横溝の強い斬撃に押されて、国松の腰がくだけて後ろによろめいた。すかさず、横溝が追いつめて二の太刀をふるおうとした。

そこへ、横溝の左手にいた小柄な男が、甲声を上げて袈裟に斬り込んだ。

バサッ、と横溝の小袖が裂けた。肩口から背にかけて、肌があらわになり、血がほとばしり出た。

横溝は叫び声を上げ、前につんのめるように泳いだが、体勢をたてなおして小柄な男に切っ先をむけた。

「お、おのれ、下目付の分際で！」

横溝が目をつり上げて怒声を上げた。

この間に、林も動いていた。八相に構えたまま正面に対峙した藩士に身を寄せ、鋭い気合とともに袈裟に斬り込んだのだ。

遠間だった。林の切っ先は、藩士の胸元をかすめて流れた。すかさず、藩士が林の手元に斬り込み、その切っ先が、林の右の前腕の肉を深くえぐった。

ギャッ！という叫び声を上げ、林が後ろへよろめいた。血が噴いた。林の右腕が見る間に赤く染まっていく。

そのとき、太田原が林の脇に走り寄り、刀身を横に一閃させた。

ドスッ、というにぶい音がし、林の上体が前にかしいだ。太田原の峰打ちが林の腹を強打したのである。

林は喉のつまったような呻き声を上げ、左手で腹を押さえてうずくまった。

「林を縛り上げろ！」

太田原の命で、島内ともうひとりの藩士が林のそばに走り寄り、ふところから細《ほそ》引《びき》を取り出して手早く縛り上げた。右腕からの出血が激しく、林の胸から腹にかけて着物が蘇芳色《すおういろ》に染まっていく。林の顔は血の気が失せ、土気色をしていた。激しい興奮で体が顫えている。

このとき、横溝は上半身血まみれになり、目をつり上げて、国松たち三人の藩士と対峙していた。

横溝は林に縄がかけられたのを見ると、

「もはや、これまで！」

と叫び、手にした刀身を己の首筋に当てて引き斬った。

血飛沫《ちしぶき》が、横溝の首筋から驟雨《しゅうう》のように飛び散った。首筋の血管《ちくだ》を斬ったらしい。

横溝は血を撒きながら目を剝き口をひらいて、夜叉のような憤怒の形相でつっ立っていたが、ふいに腰からくだけるように転倒した。

この様子を笹藪の陰から見ていた助八が、

「旦那、ひとり死んじまいやしたぜ」

と、顔をしかめて言った。

た。

「だが、林の方は捕らえたようだ」

十四郎は、ひとり捕らえれば倉本たちの居所を吐かせられるのではないかと思った。

見ていると、太田原たちは縛り上げた林の肩口から黒羽織をかけて血に汚れた着物を隠し、外へ連れだした。そのまま連れていくらしい。愛宕下の上屋敷内の長屋ではあるまいか。そこで、林を吟味するつもりなのだろう。

すでに陽は沈み、辺りは暮色に染まっていた。その淡い夕闇のなかに苦悶に顔をゆがめた林の姿が見えた。顔色が血の気を失っている。よく見ると、黒羽織の下から血が滴り落ちていた。右腕の出血は激しいらしい。

——このままでは、長くは持たんぞ。

と、十四郎は思った。

腕の傷でも大量の出血で死ぬこともあるのだ。

路地の先に、太田原たちにかこまれて引き立てられていく林の後ろ姿が遠ざかっていく。

「ももんじの旦那、あっしらも行きやすか」

「うむ……」

十四郎は、助八がもんじと言ったのを聞き流した。この男には言っても、効き目がないと思ったからである。ふたりは、笹藪の陰から路地へ出た。

それから三日後、十四郎は林が上屋敷の長屋で死んだことを武左衛門から聞いた。長屋に連れてこられた林は、太田原に執拗に吟味されたらしいが、ほとんどしゃべらずその夜の内に絶命したという。武左衛門は多くを語らなかったが、十四郎が懸念したとおり、多量の出血による死らしかった。

林の死で、倉本たちの居所を白状させることはできなくなった。残る手は、青木と板倉をたぐって倉本たちの隠れ家をつきとめることである。

第四章　隠れ家

1

燭台の灯に、八人の男の顔が浮かび上がっていた。日本橋堀江町、掘割沿いにある福乃屋《ふくのや》という料理屋の二階の座敷である。

倉本桑十郎、持田甚八、青木又十郎、板倉源五郎、田島与一郎、留守居役の村越稔蔵の懐刀で、御使役の鷲尾彦助《わしおひこすけ》。それに、村越の息のかかった徒組の高橋宗三郎《たかはしそうざぶろう》と土屋久之助《つちやひさのすけ》だった。高橋と土屋は東軍流一門ではなかったが、遣い手だったので、村越が栄進を餌に山城派に引き入れたのである。

「横溝と林が、斬られたのを知っておるか」

鷲尾がくぐもった声で言った。鷲尾は四十代半ば、面長で鷲鼻、糸のように細い目をしていた。

鷲尾は村越の配下だったが、太田原たちには目をつけられていなかった。藩邸内ではまったく目立たず、それらしい行動はとらなかったからだ。それに、御使役という役柄上、留守居役の村越と接触するのは当然だったし、頻繁に屋敷から出ても不審の目をむける者はいなかった。そうしたこともあって、鷲尾が外部の倉本たちとの連絡役を務めていたのである。

「知っているが、ふたりを斬ったのは百獣屋の者たちか」

倉本が念を押すように訊いた。

「ちがう。太田原たち目付どもだ」

鷲尾は、国松と島内の名も口にした。

「太田原たちに隠れ家が嗅ぎつけられたのか」

「そのようだな」

「やつらも、手をこまねいて見ているわけではないようだな」

と、持田が口をはさんだ。

持田は三十代半ば、中背で固太りの体軀だった。眼光のするどい剽悍そうな顔をしている。

「いずれ、おぬしたちの隠れ家も嗅ぎつけられような」

「太田原は、叔父の村松がおれたちに斬られたので、敵討ちのつもりなのだ」

それまで黙って聞いていた青木が口をはさんだ。

「井川兄妹は腰抜けだが、太田原は目付だ。それに、腕も立つ。厄介な相手だぞ」

鷲尾が言った。

「ならば、井川たちの前に、太田原を斬るか」

そう言って、倉本が一同に視線をまわした。

「どうせなら、太田原といっしょに、国松と島内も始末してしまいたいな。太田原たち三人を斬れば、佐原たちも震え上がるはずだ。その機をとらえて様子見している重臣たちに働きかければ、味方に引き入れることもできるだろう。江戸の藩邸で、われらに与する者が増えれば、わが藩は山城さまの思うままに動くようになる」

鷲尾が口元にうす笑いを浮かべた。

「ただ、三人いっしょとなると、むずかしいぞ。屋敷内に押し入るわけにはいくまい。何か、いい手があればいいが」

倉本が言った。

次に口をひらく者がなく、いっとき座は沈黙につつまれていたが、青木が、

「どうだろう、だれか囮《おとり》になって、三人をおびき出したら」

と、目をひからせて言った。

「囮とは」

倉本が訊いた。

「太田原に目をつけられている村越さまに動いてもらい、太田原たちに、跡を尾けさせるのだ」

青木が、村越が人目を忍ぶようにして藩邸を出れば、ふだんから目をつけている太田原たちが、かならず跡を尾けるはずだと言い添えた。

「尾行者を待ち伏せするのか。だが、太田原が尾けてくるとはかぎらぬぞ。それに、尾けてくるとしてもひとりだろう」

倉本は不服そうな顔をした。

「いや、尾行者に、おれたちの隠れ家を教えてやるのだ。仮の隠れ家でいい。きゃつらを取りかこんで、始末できるところがいいな。……どうであろう。高輪に前田屋の古い隠居所があると聞いたが、そこを使ったら」

「前田屋に話せば、借りられるだろう」

と、鷲尾。

「そこを、われらの隠れ家のひとつと思わせれば、太田原以下、目付どもが踏み込んで来るはずだ」

「待ち伏せて、皆殺しというわけか」

倉本が口元にうす笑いを浮かべた。

「だが、百獣屋の連中が太田原たちにくわわると面倒だぞ」

持田が口をはさんだ。

「いや、隠居所に身をひそめている人数によるだろう。ふたりだけの隠れ家と見せれば、横溝たちのときと同じように、太田原たちだけで踏み込んでくるはずだ。太田原は百獣屋の連中の手を借りることを喜んでおらんからな」

鷲尾が一同に視線をむけながら言った。

「よし、それでいこう」

倉本が声を大きくして言った。

それから、八人は酒を酌み交わしながら太田原たちを討つ手筈を打ち合わせた。

倉本たちが福乃屋を出たのは、五ツ（午後八時）過ぎだった。掘割沿いの通りは夜の帳《とばり》につつまれ、ひっそりと寝静まっていた。頭上に鎌のような三日月が出ていた。静かな宵である。掘割の水が岸辺の石垣を打っていた。その音が、足元からちゃぷちゃぷと聞こえてきた。嬰児《えいじ》でも遊び戯れているような音である。

「太田原を斬れば、形勢はわれらにかたむくだろうな」

倉本が言った。

倉本、持田、田島の三人は、掘割沿いの道を小網町へむかって歩いていた。三人の隠れ家が、小網町にあったのである。

「それにしても、思わぬ相手が敵側に味方したな。あれで、百獣屋のふたりは侮れんぞ。いまも、井川兄妹に剣術の指南をしているそうではないか」

持田が言った。持田は東軍流の高弟で、倉本は師範代だった。道場内にいるときは倉本が上だったが、江戸に来てからはお互い僚友のような口を利いていた。年齢は持田の方が上だったからである。青木と倉本の関係も同じだった。

倉本は国許にいるとき山城にその腕を見込まれ、いずれ藩の剣術指南役に推挙することを条件に山城派にくわわったのだ。同じように青木と持田も、栄進と家禄の加増の話に乗って山城派に与したのである。

田島は、倉本と持田の後に跟《つ》いていた。江戸勤番である田島は、青木といっしょに身をひそめている板倉と同様、江戸の地理に明るかったので、連絡役も兼ねて倉本たちと同じ隠れ家にいたのである。

「井川兄妹を恐れることはないが、百地は遣い手だ」

倉本たちは、百地と波野の名と百獣屋に出入りしていることを知っていた。すでに、ふたりと立ち合っていたし、横溝たちが百獣屋のある駒形町で聞き込んだ子細を田島から耳に入れていたのである。

「いずれ、やつらも斬らねばならぬだろうな」

持田が低い声で言った。

「百地は、おれが斬る」

倉本が夜陰を睨むように見すえて言った。

2

泉之助が八相に構え、地面に立てた巻き藁に走り寄った。そして、甲声を発しざま、袈裟に斬り下ろした。

バサッ、と音をたて、巻き藁の一部が斜に斬れて地面に落ちた。藁を巻いた芯の一握りほどの青竹も見事に斬れている。

ワアッ、という子供たちの歓声が起こった。なかには、拍手したり、斬れた、斬れた、と声を上げげて、飛び跳ねている子もいる。

長次郎長屋の脇にある空き地である。そこは四、五十坪の狭い場所で、夏草におおわれていた。その空き地で、泉之助とゆきは、剣術の稽古を始めたのだ。当初は、波野と十四郎が見ているだけだったが、そのうち波野の娘の鶴江が父親についてきて、稽古を見物し始めた。すると、長屋の子供たちが、ひとりふたりと集まるようになり、いまでは七、八人の子供が来て見物するようになったのだ。

「お師匠、いかがでしょう」

泉之助が、目をかがやかせて訊いた。

泉之助は大川端で斬り合ったとき、敵のひとりを斬ってから己の剣に自信を持ったらしく、稽古も積極的になった。自信がついたお蔭なのか、一気に剣の腕も上がったようである。

「これなら、倉本も斬れるぞ」

十四郎はそう言ったが、太刀筋がそれずに刀を斬り下ろすことができるようになっただけのことである。

「倉本の居所が知れたら、すぐにも父の敵を討ちます」

泉之助が意気込んで言った。ゆきも顔を紅潮させて目をひからせていたが、戸惑うような表情もあった。ゆきは、巻き藁が斬れるようになったくらいで、倉本は斃《たお》せないと思っているのかもしれない。

「その前に、次の稽古をやらねばならぬ」

十四郎が、いかめしい顔で言った。

「次の稽古ですか」

泉之助が訊いた。

「そうだ。相手は巻き藁ではないぞ。東軍流の遣い手、倉本桑十郎だ」

「は、はい。……それで、どんな稽古でしょうか」

「おれを倉本と思って脇から斬り込んでくるのだ。いま、巻き藁を斬ったように走り寄りざま袈裟にな」

十四郎は倉本と立ち合っているとき、両脇から泉之助とゆきに斬り込ませるつもりでいたのだ。

「波野、ゆきの相手をしてくれ」

十四郎が波野に声をかけた。すでに、波野には、ゆきの稽古相手になってくれと頼んであった。ゆきも泉之助と同じように倉本の脇に立ち、踏み込みざま懐剣で突くのである。

「承知した」

波野はゆきと三間ほどの間合を取ると、体の左側をむけて抜刀した。

すぐに、ゆきが懐剣を手にして波野と向かい合った。

十四郎も泉之助と三間ほどの間合を取り、

「さァ、こい！」

と言いざま、抜刀した。

そして、泉之助に体の右側をむけて刀を青眼に構えると、

「泉之助、おれの右肩を狙って、斬り込んでこい」

と、指示した。

「脇からですか」

泉之助が戸惑うような顔をした。

「そうだ。おれと波野が倉本の正面に立つ。そのとき、泉之助は倉本の右手に立て。おれが、討て！　と声をかけるから、一気に駆け寄って袈裟に斬り込むのだ。これまで、そのための稽古をつづけてきたのだ」

めずらしく十四郎は、有無を言わせぬ強い口調で言った。

「分かりました」

泉之助がうなずいた。

「よし、では、おれの合図で斬り込んでこい」

「し、真剣で、ですか」

泉之助は、まだ逡巡している。

「真剣でなければ斬れまい」

「で、ですが、お師匠を斬ってしまうことに……」

泉之助は困惑したように顔をゆがめた。

「うぬぼれるな。おまえに、斬られるような腕なら、敵討ちの助太刀などせぬ」

そう言うと、十四郎は青眼に構えた。倉本と同じように相対した敵の喉元に切っ先をつけたのである。見物している子供たちは目を丸くし、固唾《かたず》を飲んで十四郎たちに目をむけていた。子供でも、真剣を遣った稽古がいかに危険であるか分かるのだ。

泉之助は八相に構えた。顔がこわばっている。さすがに、青竹や巻き藁とちがって、今度は生身の人が相手なのだ。

フッ、と十四郎が剣尖を浮かせた。刹那、討て！　と声を上げた。十四郎は、倉本の斬撃の起こりをとらえて、泉之助に斬り込ませようとしたのである。

泉之助がはじかれたように走り出し、キエッ！　と喉の裂けるような気合を発したが、斬り込めない。十四郎の脇につっ立ち、体をビクビク顫わせて足踏みしている。

「討て！」

十四郎が叱咤するように声を上げた。

その声で、泉之助が八相から斬り下ろした。瞬間、十四郎は体をひねりながら青眼から掬い上げるように刀身を撥ね上げた。

キーン、という甲高い金属音がひびき、泉之助の刀身が虚空に跳ね上がった。同時に、泉之助は体勢をくずし、前につっ込むようによろめいた。

「駄目だな。それでは、立ち合いにならんぞ」

「で、ですが、お師匠を斬ることは」

できませぬ、と言って、泉之助は首を横に振った。

「おれを、倉本と思え。おまえの父親を斬った倉本桑十郎だ」

十四郎は、いま、一度、と声を上げた。

ふたたび、泉之助は十四郎の右手に立ち、八相に構えた。

「泉之助、もたもたしてたら、おれがおまえを斬るぞ」

「は、はい」

泉之助が蒼ざめた顔でうなずいた。

十四郎はふたたび青眼に構えると、剣尖をわずかに浮かせ、討て！　と声を上げた。

キエエッ！

泉之助が喉のつまったような気合を発し、十四郎の脇に走り寄った。そして、今度は足をとめずに八相から袈裟に斬り込んだ。

刹那、十四郎が体をひねりざま斬り上げ、泉之助の斬撃をはじき上げた。

勢い余った泉之助は、前につっ込むように泳いだ。

「まだだ、いま、一手！」

十四郎の声で、泉之助は慌てて右手へ駆けもどった。

「こい！　泉之助」

「はい」

十四郎と泉之助は、繰り返し同じ稽古をつづけた。一方、波野とゆきも、稽古をつづけていた。ただ、波野はゆきに倉本が青眼から敵に斬り込んだ隙をとらえて脇腹を突かせていた。泉之助とゆきが同士討ちにならないように、倉本の異なった動きに反応して斬り込むようにしたのだ。これは、十四郎と波野で前もって相談してあったことである。

陽が沈み、辺りに夕闇が忍び寄っていた。井川兄妹の稽古を見物していた長屋の子供たちは、ひとり去りふたり去りして、いつの間にかひとりもいなくなった。静寂につつまれた空き地に、泉之助とゆきの甲走った声だけがいつまでもひびいていた。

3

高輪北町。江戸湊沿いの松林のなかに、七人の武士の姿があった。太田原たちである。七人のうち六人は浜松町の町宿で、横溝と林を襲ったのと同じ顔ぶれだった。

潮騒の音が絶え間なく聞こえていた。松林の先には江戸湊の海原がひろがり、西陽を映して淡い鴇色《ときいろ》にひかっている。その海原を白い帆を張った大型の廻船が、ゆっくりと航行していく。

風光明媚な地であったが、七人の男たちには景観を愛でている余裕はなかった。いずれもけわしい顔をして、松林の先にある家屋に目をやっていた。板塀でかこった家は前田屋の先代の隠居所だった。すでに先代は亡くなり、いまは前田屋に奉公する老夫婦が管理していると聞いていた。

昨日、留守居役の村越が、駕籠《かご》で愛宕下の上屋敷を出た。供は中間ふたりと配下

の鷲尾だけである。村越の動向に目をひからせていた国松と島内は、

――妙だな。

と、思った。襲撃を恐れている村越は、ふだん三、四人の腕の立つ家臣を連れて出ることが多かったのだ。それなのに、村越は鷲尾だけを連れて出た。しかも、家臣の目を避けるように裏門から出たのである。

「尾けてみよう」

国松が言った。

ふたりは、上屋敷から出ると、村越の駕籠を尾け始めた。駕籠は東海道へ出ると、西にむかった。そして、高輪北町まで来ると、村越は駕籠を下りて鷲尾と中間に何か声をかけ、ふたたび駕籠に乗り込んだ。

妙なことに、村越の乗った駕籠だけ西にむかい、鷲尾とふたりの中間は来た道を引き返し始めた。

「村越だけ、どこかへ行くつもりだ」

国松が言った。

「鷲尾と中間には知られたくない場所らしいな」

ふたりは、村越の乗る駕籠だけを尾けた。鷲尾は村越に何か命じられ、このまま

藩邸へもどると見たからである。

村越が途中で鷲尾を帰したのは、太田原たちに鷲尾が村越の懐刀であることを知られないためであった。むろん、国松と島内には村越の思惑までは分からない。

村越の乗る駕籠は街道沿いの松林のなかへ入った。そして、林のなかの小径をいっときたどり、古い隠居所ふうの家屋のなかへ消えたのである。

駕籠は一刻（二時間）ほどで出てきた。国松と島内は駕籠の跡を尾けず、隠居所ふうの家を探ることにした。

ふたりは板塀が朽ち落ちた隙間から敷地内に入り、板壁や植木の陰などに身を隠してなかの様子をうかがった。その結果、家のなかにふたりの男がいて、その会話から持田甚八と田島与一郎であることが分かった。

「持田と田島の隠れ家だ！」

国松が声を殺して言った。

村越は持田たちに連絡があり、ひそかに藩邸を抜け出して会いにきたのだ、と国松たちは推測した。

ただちに、国松と島内は上屋敷にもどり、このことを太田原に報《し》らせた。太田原は深沢に持田たちの隠れ家を発見した経緯を伝えた上で、

「われらの手で、持田と田島を捕らえます」

と、言い添えた。

「持田は東軍流の遣い手であろう。百地どのたちの手を借りずともよいか」

深沢が念を押すように訊いた。

「持田も田島も、倉本や青木ほどの腕ではございません。横溝たちのときと同様、われらだけで十分でございます」

太田原は、七人の者で隠れ家に踏み込むことを言い添えた。

「手にあまらば、斬ってもよいぞ」

深沢が声を低くして言った。

そして、今日、太田原たち七人は陽が西の空にまわってからこの地へ来たのである。むろん、太田原たちは倉本たちが仕掛けた罠《わな》だとは気付いていない。

「国松、島内、家のなかの様子を見てこい」

太田原が命じた。

「ハッ、ただちに」

国松が応え、島内とふたりでその場を離れた。

太田原たち五人は、松林のなかの灌木《かんぼく》や太い幹の陰に身を隠して、国松たちがもどるのを待った。

小半刻（三十分）ほどすると、ふたりが小走りにもどってきた。

「家のなかに、持田と田島がいるようです」

島内が、家のなかでふたりの声がしました、と言い添えた。

「ちょうどよいころだ」

太田原が松林のなかに目をやった。陽は沈み、西の空は血を流したような残照に染まっていた。松林のなかには、淡い夕闇が忍び寄っている。もうすぐ暮れ六ツ（午後六時）である。まだ、明かりはいらなかったし、これからは付近を通りかかる者もいなくなるだろう。

「支度をしろ」

太田原が六人に指示した。

七人はすぐに戦いの支度を始めた。襷で両袖を絞り、袴の股だちを取り、刀の目釘を確かめた。初めからたっつけ袴で来た者もいたし、鉢巻きを用意した者もいた。人目に触れる心配がなかったので、横溝たちを襲ったときより戦いの身支度をととのえてきたのである。

「行くぞ」

太田原の声で、七人は足音を忍ばせて板塀でかこった隠居所にむかった。

国松と島内の先導で、太田原たちは朽ち落ちた板塀の隙間から、敷地内に侵入した。

「国松、島内、戸口へまわれ」

太田原が命じた。

すぐに、国松と島内が家の出入り口になっている戸口へまわった。太田原たち五人は海に面した正面の庭先から縁側に踏み込み、持田と田島を捕らえる手筈になっていたのだ。その際、戸口から逃げることも想定し、国松と島内にかためさせたのである。

太田原たち五人は足音を忍ばせ、板塀沿いをたどって正面の庭へまわった。庭は思ったよりひろく、松、梅、百日紅《さるすべり》などの庭木が植えてあった。その先には江戸湊の海原がひろがり、砂浜に打ち寄せる波の音が聞こえた。紺碧の海面に残照が映じ、血のような色に染まっている。

太田原たちは、庭木の陰に身を隠しながら縁先へ近付いた。縁側の奥の座敷から障子越しに人声が洩れてきた。くぐもったような男の声である。座敷にはふたりいるらしかった。持田と田島であろう。

太田原は縁側の前に立つと、

「持田、田島、姿を見せろ！」

と、声を上げた。外へおびき出して捕らえようとしたのである。

障子のむこうの話し声がやみ、いっとき家のなかが静寂につつまれた。太田原たちの背後から、砂浜に打ち寄せる波の音だけが聞こえていた。

カラリと、障子があいた。

中背で、固太りの体軀の剽悍そうな男が姿を見せた。持田である。つづいて、脇からもうひとり小柄な男が顔を出した。田島だった。

「太田原、かかったな」

持田がニヤリと嗤った。

そのときだった。家の左右の板塀との間から、ばらばらと男たちが走り出た。総勢七人。そのなかには、倉本と青木の姿もあった。

4

走り寄った倉本たち七人は、すばやい動きで太田原たちを取りかこんだ。持田と田島をくわえると九人になる。しかも、倉本たちはたっつけ袴に襷がけで、足元を武者草鞋でかためていた。戦いの身支度で、待ち伏せていたのである。

「罠か！」

太田原の顔がこわばった。

「待っていたぞ、太田原。ここで、横溝たちの敵を討たせてもらう」

言いざま、倉本が抜刀した。

他の八人もいっせいに抜き放った。持田と田島が縁先から庭へ飛び下りた。倉本だけは刀を手にしたまま身を引いていた。戦いの様子を見て、仕掛けるつもりなのだろう。八人は青眼や八相に構え、殺気立った目をして太田原たちに迫ってきた。

「逃げろ！」

叫びざま、太田原が抜刀した。

劣勢だった。五人対九人。戸口にまわった国松と島内がくわわっても、味方は七人だった。敵は多勢の上に、腕の立つ倉本、持田、青木の三人がいる。太田原は、この場は逃げるしか手はないと踏んだのだ。

太田原につづいて、配下の下目付たちも刀を抜いた。どの顔も、必死の形相である。

「ひとり残らず斬れ！」

倉本が声を上げた。

その声で、太田原たちを取りかこんだ八人が、さらに間合をせばめてきた。

「太田原、うぬはおれが斬る」

青木が太田原の前に立ちふさがった。

「おのれ！」

太田原は青眼に構え、切っ先を青木の喉元につけた。どっしりと腰の据わった隙のない構えである。太田原も、東軍流の遣い手であった。

対する青木も相青眼に構えた。切っ先は、ピタリと太田原の喉元につけられている。

ふたりの間合はおよそ三間。まだ、斬撃の間からは遠かった。太田原は全身に気勢を込め、足裏を擦るようにして間合をせばめ始めた。太田原は一気に勝負を決したかった。長引けば、倉本がくわわってくるだろうと踏んだのである。

そのとき、太田原の配下のひとりが絶叫を上げてのけ反った。敵刃を浴びたのだ。その絶叫が合図ででもあったかのように、太田原の配下たちと倉本たちの間で戦いが始まった。

気合、怒号、刀身のはじき合う音、地を踏む音などがひびき、白刃がきらめき、男たちが激しく交差した。

つ、つ、と太田原が身を寄せた。

青木は動かない。青眼に構えたまま気を鎮め、太田原の斬撃の起こりをとらえようとしているのだ。

太田原は一気に一足一刀の間境に迫った。

フッ、と太田原の剣尖が下がり、全身に剣気が疾《はし》った。

刹那、太田原の体が躍動した。

裂帛の気合を発しざま、青眼から真っ向へ。

間髪をいれず、青木の刀身が稲妻のような閃光を放った。青眼から掬い上げるように逆袈裟に斬り上げたのである。

キーン、という甲高い金属音がひびき、青火が散った。一瞬、ふたりの体が接近し、刀身が上下にはじき合った。

次の瞬間、ふたりは、ほぼ同時に背後へ跳びざま二の太刀をふるった。

太田原は青木の籠手へ。青木は刀身を横に払った。一瞬の反応である。

青木の右の前腕の肉が削げ、血の色が浮いた。一方、太田原は右の上腕を斬られ、血が噴いた。

ふたりは大きく間合を取り、ふたたび青眼に構え合った。

相打ちだった。だが、太田原の方が深手である。右腕から血が流れ落ちていた。

構えがくずれ、切っ先が震えている。腕の筋を截断されたのかもしれない。

青木の前腕も血に染まっていたが、それほどの出血ではなかった。構えにも、くずれがなかった。

「お、おのれ！」

太田原の顔がひき攣《つ》った。

「太田原、勝負は決したぞ」

青木が口元にうす嗤いを浮かべて言った。

「まだだ！」

叫びざま、太田原は擦り足で間合をつめた。

一気に斬撃の間境を越えると、絶叫のような気合を発し、青眼から真っ向へ斬り込んだ。だが、斬撃にするどさがなかった。右腕に深手を負っていたからである。

オオッ！

と気合を発し、青木が刀身を振り上げて太田原の斬撃を受け流した。

勢い余った太田原は前に泳いだが、すぐに体勢をたてなおして反転し、斬り込もうとして刀を振りかぶった。

その瞬間だった。太田原の脇に身を寄せていた青木が横一文字に刀を一閃《いっせん》させた。

青木の一颯が、太田原の腹を斬り裂いた。

太田原は刀を振り上げたまま、その場につっ立った。その腹が横に裂け、臓腑があふれ出ている。太田原は蟇《ひき》の鳴くような低い呻き声を上げ、左手で腹を押さえたまま両膝を地面についてうずくまった。太田原は右手に刀を持っていたが、立ち上がる気配はない。

「とどめを刺してくれよう」

青木が太田原の脇へ歩を寄せ、手にした刀を一閃させた。

にぶい骨音とともに、太田原の首が前にかしぎ、首根から血飛沫が驟雨のように飛び散った。太田原は血を撒きながら前につっ伏し、そのまま動かなくなった。絶命したようである。

このとき、国松と島内が家の脇から姿をあらわした。ふたりは家の戸口から入り、持田か田島が飛び出してくるのを待ったが、ふたりとも姿を見せなかった。

そのうち、庭の方で戦いが始まったらしく、刀身のはじき合う音にまじって、気合や絶叫が聞こえた。

「おい、大勢で斬り合っているようだぞ」

国松が言った。耳にとどく斬り合いの音から、大勢が入り乱れて戦っていることが知れた。

「様子がおかしい」

島内の顔に不安そうな表情が浮いた。

「庭にまわってみよう」

国松と島内は持ち場である戸口から離れ、家の側面をまわって庭先を覗いたのである。そのふたりの目に、うずくまった太田原が青木に斬首される光景が飛び込んできた。庭先にまわった味方五人のうち、立っているのはふたりだけだった。しかも、ふたりは血まみれで、何人もの敵に切っ先をむけられていた。

そのとき、国松と島内の姿を倉本が目にした。

「他にもいるぞ!　逃がすな」

ふいに、倉本が叫んだ。

「島内、逃げるぞ!」

言いざま、国松が反転して駆けだした。島内が慌てて国松の後を追う。

庭先から四人の男が、逃げる国松たちを追って走りだした。青木、高橋、土屋、それにあらたにくわわった手塚三郎太《てづかさぶろうた》という徒組の藩士である。

国松と島内は逃げた。逃げるしか助かる手はなかった。ふたりは、戸口の前のちいさな木戸門から松林のなかに走り出た。背後からの追っ手は四人。抜き身をひっ提げたまま林のなかを追ってくる。

国松たちは松林を抜けて細い路地へ走り出た。通り沿いに小体な店や漁師の家などがまばらに立っていたが、人影はまったくなかった。洩れてくる灯《ひ》もなく、夕闇のなかに沈んだようにひっそりとしている。

国松たちは懸命に走った。背後で足音がする。敵の四人は執拗に追ってくる。ふたりは路地を走り抜け、東海道へ出た。街道は深い暮色に染まっていたが、ちらほら人影があった。通りすがりの者が、必死の形相で走ってくる国松と島内の姿を見て驚いたように足をとめた。

街道を一町ほど走ると、背後からの足音が聞こえなくなった。追うのをあきらめたようである。

「に、逃げられた！」

国松が足をとめ、ハァハァと荒い息を吐いた。すぐに、島内も走るのをやめ、身を屈めて苦しそうに喘《あえ》いだ。そのふたりの姿を濃い夕闇がつつんでいる。

5

「頼みがある」

深沢が茂十に言った。顔に屈託の色がある。

この日、勘定吟味役である深沢と武左衛門が百獣屋に姿を見せた。ただならぬことが起こったらしい。江戸家老、佐原庄兵衛の腹心である深沢が、自ら百獣屋に足を運んで来たのである。

茂十は深沢と武左衛門を奥の座敷に案内し、二階にいた十四郎を呼ぶとともに奉公人の泉吉を波野の許に走らせた。

それからいっときして、百獣屋の奥の座敷にあるじの茂十、深沢、武左衛門、十四郎、波野の五人が顔をそろえたのである。

「何でございましょう」

茂十が丁寧な物言いで訊いた。

「聞くところによると、この店には百地どのと波野どのの他にも腕の立つ御助人が出入りしているそうでござるな」

深沢が訊いた。

「いるには、いますが……」

茂十は語尾を濁した。依頼がはっきりしないうちは、相手に手の内をあかしたくなかったのである。

「その者たちの手を貸してもらいたいのだ」

深沢が言った。

「百地さまと波野さまでは、不服でございますか」

茂十がギョロリとした目で、深沢を見すえた。ももん爺と呼ばれる年寄りの顔に、御助人の元締めらしい凄味がよぎったが、すぐに消え、おだやかな表情にもどった。

「そうではない。新たな助勢が必要になったのだ」

「何か、ありましたか」

「実は、倉本たちを追っていた太田原たち目付筋の者が、多数斬り殺されたのだ」

深沢が苦渋の顔でそう言ったとき、

「太田原どのも斬られたのか」

と、十四郎が訊いた。

「太田原だけではない。太田原の支配下であった下目付たちは、ほぼ全滅だ。運よく助かったのは、国松と島内だけなのだ」

深沢によると、太田原たち七人は持田と田島の隠れ家を発見し、捕縛にむかったが返り討ちに遭い、国松と島内だけが逃げもどったという。

「持田と田島に、五人も斬られたのか」

十四郎が驚いたように聞き返した。持田と田島のふたりで、太田原たち七人を相手にして、五人も斬ったのであろうか。

「いや、国松たちによると、敵の人数ははっきり確認できなかったが、前田屋の隠居所に倉本をはじめ十人ほどが待ち伏せしていたそうだ」

「罠だったのかもしれんな」

十四郎は、倉本たちが太田原たちをおびき寄せて斬るために罠を仕掛けたのではないかと思った。

「いずれにしろ、太田原たちの死で、藩邸内の情勢が変わってきたのだ」

深沢が苦渋の顔で話したことによると、江戸勤番の佐原派の家臣たちは動揺し、倉本たちによる暗殺を恐れて山城批判をあまり口にしなくなったという。また、重臣のなかでどっちつかずだった者たちが、しきりに村越と接触するようになり、佐原とは距離を置くようになったそうである。

これまで、江戸の藩邸には家老の佐原庄兵衛がいたこともあり、佐原派が優勢だったが、太田原をはじめ五人の藩士が斬られてきたことで、形勢が変わってきたという。

「このままでは、江戸の藩邸も村越たちに掌握される」

深沢が沈痛な声で言った。

「それで、てまえたちに何をしろとおおせで」

茂十が訊いた。

「倉本たちを討ってもらいたい」

深沢が言うと、脇で聞いていた武左衛門が、

「このままでは、泉之助たちの敵討ちもままならぬだろう。倉本たちは、十人ほどもいるようだからな」

と、言い添えた。

「相手が十人となると、容易なことではございません。それに、わしらは井川さまご兄妹の敵討ちの助太刀をするというお約束をしただけでございますよ」

茂十が声を低くして言った。

「それは承知している。それに、十人といっても、国許から刺客として出府した倉

本、青木、持田の三人を始末すれば何とかなるのだ。他の者は江戸勤番の家臣で、それほど腕の立つ者はおらんからな」

深沢が言った。

「倉本たち三人だけとしても、斬るのは大変でございますよ。いずれも、剣の遣い手ですからね」

茂十は渋った。引き受けるにしても、できるだけ御助料をつり上げようとしているのだ。これが、元締めとしての茂十のやり方である。

「倉本たちが強敵なのは承知している。だからこそ、そこもとたちの腕を借りたいのだ」

そう言うと、深沢はふところから袱紗《ふくさ》包《づつ》みを取り出した。

「ここに、二百両ある」

そう言って、袱紗包みを茂十の膝先に置いた。

茂十は黙したまま、膝先に視線を落としている。深沢の次の言葉を待っているのだ。

「倉本たち三人を討ってくれれば、さらに二百両出そう」

深沢が言うと、すかさず武左衛門が、

「茂十、これまでの金とは別に、四百両もの大金を出そうというのだぞ」

と、苦々しい顔をして言い添えた。

「引き受ける前に、ひとつ訊いておきたいことがございますが」

茂十は、武左衛門を無視して言った。深沢にむけられた目に、射るようなひかりが宿っている。

「何かな」

「太田原さまはお亡くなりになったそうですが、深沢さまたちの手勢は他にもいるのでございましょう。わしらはあくまでも御助人でして、助太刀が仕事でございます」

「太田原ほど腕の立つ者はおらぬが、いざとなれば、国松や島内をはじめ十人ほどは集められよう」

深沢が言った。

「十人にくわえ、いざとなれば、わしも戦う。それに、泉之助とゆきもいるではないか」

武左衛門が声を大きくして言った。

「承知しました。お引き受けいたしましょう」

茂十は膝先の袱紗包みを手にした。

それから小半刻（三十分）ほど、深沢と武左衛門は村越たちの動向や藩邸内の様子などを話してから腰を上げた。

ふたりを見送った後、十四郎が、

「茂十、引き受けてもいいのか。敵は多勢で、腕も立つぞ」

と、渋い顔をして言った。倉本たちと戦うのは十四郎や波野なのである。

「伝海さんとお京さんの手も借りましょう。こうなったら、御助宿の総力を挙げて戦うしかありませんな」

茂十が目をひからせて言った。茂十の顔が紅潮し、生気がみなぎっていた。ももん爺と揶揄《やゆ》されるような年寄り臭い顔が豹変し、まさに巨熊のような凄味と猛々《たけだけ》しさがあった。倉本たちとの戦いに、最も闘気を駆り立てているのは茂十かもしれない。

6

「お京さん、あれが、前田屋の長屋ですよ」

廻り髪結いの佐吉が、指差した。

行徳河岸から細い路地を半町ほど入った所に長屋らしい家屋が二棟あった。佐吉によると、その手前の一棟に青木又十郎と板倉源五郎が身を隠しているという。

「すぐには、出てこないだろうね」

お京は長屋に目をむけながら言った。

お京は色白の年増だった。うりざね顔で、鼻筋の通った美人である。紫地の裾に唐草模様をあしらった小袖に渋い葡萄茶《えびちゃ》の帯をしめていた。島田髷《まげ》に赤い玉簪《たまかんざし》をさしている。一見して、小唄や三味線の女師匠といった感じである。

一昨日、お京は佐吉のつなぎで百獣屋に出かけ、茂十と会っていた。

「お京さん、手を貸してもらえるかな」

茂十が目を細めて言った。

「御助の仕事でしょうかね」

「そうだ。百地の旦那と波野の旦那が取りかかっている仕事を知っているかね」

茂十が訊いた。

「ええ、聞いてますよ。何ですか、敵討ちの助太刀とか」

そう言うと、お京は茂十がついでくれた猪口の酒を口に含むようにして飲んだ。

女ながら、酒も強い。

「それが、でかい話になってきてな。百地の旦那と波野の旦那だけでは手におえなくなってきたのだ」

「敵討ちだけじゃァないってことですか」

お京が笑みを浮かべて訊いた。

「裏に、お家騒動があるらしいな」

「お大名のお家騒動に、わたしらが手を貸すんですか」

お京が笑みを消して訊いた。これまでの御助とはちがう大きな話である。

「なに、わしらがやるのは、あくまでも敵討ちの助太刀さ。ただ、相手が大勢になったただけのことだ」

「それで、伝海さんは」

「伝海さんにも、話してな。手を貸してもらうことになった。御助宿の者が総出でやるつもりだ」

すでに、茂十は伝海にも話してあった。伝海は、ちかごろ御助の仕事がなくふところが寂しかったこともあって、喜んで承知した。

「あたしも、やりますよ」

お京がうなずいた。

その後、お京は佐吉から敵のふたりが前田屋の長屋にひそんでいることを聞き、顔だけでも拝んでおこうかと思い、佐吉とふたりで出かけて来たのである。

「ふたりとも、滝園藩の家臣なのかい」

お京は、すでに茂十や佐吉から滝園藩の騒動のあらましを聞いていた。

「へい、青木ってえやつが、東軍流とかいう剣術の遣い手らしいんでさァ」

佐吉が言った。

「剣術遣いじゃァ、百地の旦那か波野の旦那にまかせた方が無難だね」

お京は色気で相手に近付き、一瞬の隙を衝いて髷にさしてある玉簪の先で相手の首筋を刺して殺すのだ。お京の簪は畳針のように鋭利にとがっていた。

ただ、相手が腕の立つ武士となると、酔っているときや情交のときでもなければ、むずかしいのだ。

「出てこないようだね」

「陽がしずむころ、近所の一膳めし屋によく出かけるんですがね」

ふたりは、そんな話をしながら路傍の樹陰に立っていた。

陽は沈み、西の空に残照がひろがっていたが、町筋は淡い暮色につつまれていた。通り沿いの表店は店仕舞いし、人影はほとんどない。ときおり、仕事を遅くしまったらしい職人やこれから飲みにでも行くらしい若い男などが、足早に通り過ぎていくだけである。

「出なおそうかね」

お京が言った。

「そうしやしょう」

ふたりが、樹陰から通りへ出ようとしたときだった。

ふいに、ふたりの足がとまり、慌てて樹陰へ身を引いた。長屋へつながる路地から武士体の男がふたり、姿を見せたのである。

「やつらだ!」

佐吉が声を殺して言った。

「青木と板倉かい」

「へい、大柄で眉の濃いやつが青木でさァ」

佐吉が、瘦せて顎のとがったやつが、板倉だと言い添えた。

青木と板倉は足早に行徳河岸の方へ歩いていく。

「せっかくだ。尾けてみるかい」

お京が小声で言った。

「お京さんは、あっしの後ろから来てくだせえ。ふたりそろって歩いてたんじゃァ目立っていけねえ」

そう言うと、佐吉は先に通りへ出た。

お京は佐吉の姿が半町ほど先へ行ってから、その後ろ姿を尾け始めた。

青木たちふたりは行徳河岸へ出ると、日本橋川沿いを川上にむかって歩きだした。近所の一膳めし屋に行くのではないらしい。

そこは小網町だった。日本橋川沿いの通りの表店は店仕舞いし、濃い夕闇のなかに黒く沈んでいたが、店先の提灯や掛け行灯《あんどん》が、通りにぽつぽつと灯《ひ》を落としていた。店をひらいている飲み屋や小料理屋などである。

——おや、佐吉さんが走りだしたよ。

前を行く佐吉が小走りになった。

お京が夕闇に目を凝らすと、佐吉の前にいるはずの青木と板倉の姿がなかった。

お京も慌てて、佐吉の後を追った。

そのとき、前を行く佐吉がふいに日本橋川の川岸に身を寄せ、柳の樹陰にまわり込んだ。そこから、斜前《はすまえ》の小料理屋らしい店先に目をむけている。

お京は足音を忍ばせて柳の陰へまわると、

「佐吉さん、どうしたのさ」

と、荒い息を吐きながら訊いた。

「やつら、その店に入《へえ》りやしたぜ」

佐吉が斜前の小料理屋を指差した。

店先の掛け行灯に、桔梗屋《ききようや》と記してあった。戸口は格子戸で、暖簾が下がっていた。小体だが、洒落た感じのする店である。

「この店も、馴染みなのかもしれないよ」

青木か板倉かの馴染みの女でもいるのかもしれない、とお京は思った。

ふたりは、いっとき樹陰から店先に目をやっていたが、青木たちは姿を見せなかった。

「あっしが、この店も探ってみやすよ」

佐吉が小声で言った。

「それじゃァ、今夜はここまでかい」

「へい」

ふたりは樹陰から通りへ出た。

辺りは夜陰につつまれ、降るような星空だった。

「佐吉さん、喉が渇いちまったよ。あたしらも一杯やって帰るかね」

お京が歩きながら言った。

「そうしやしょう」

佐吉も喉をうるおしたかったのだ。

7

「手始めに、板倉を殺《や》りましょうかね」

お京が小声で言った。

この日、お京が百獣屋で佐吉の報告を聞いていると、十四郎が顔を出し、いっしょに耳をかたむけた。

佐吉は桔梗屋のことを探り、青木が女将のおれんという年増を贔屓にしていることや、板倉とは別の青木の仲間らしい武士も顔を出すことなどをつかんできた。

「その仲間ですがね。あっしは、倉本と持田じゃァねえかと見てるんでさァ。店に出入りしてる客から聞いたんだが、ひとりは背の高《たけ》え、顔の浅黒い男だと言ってやしたからね」

と、佐吉が言い添えた。

「ならば、桔梗屋からたぐれば、倉本たちの隠れ家もつきとめられるな」

十四郎が言った。

「それに、板倉か青木に、ゆさぶりをかける手もありやすぜ。何かあれば、やつら動き出しやすからね」

佐吉がそう言うと、お京が、

「それじゃァ、あたしが仕掛けるよ。あたし、まだ何もしてないもの。見てるだけじゃァ肩身がせまいからね」

と言い、手始めに板倉を殺る、と口にしたのだ。

「お京、手を貸そうか。板倉もなかなかの遣い手のようだぞ」

と、十四郎。

「いいですよ。御助人が、助太刀を頼んだんじゃァ笑い者じゃァないか。なに、酒でも飲んだ帰りに襲えば、何とかなりますよ」

そう言って、お京は猪口の酒を口に含むようにして飲んだ。

翌日、暮れ六ツ（午後六時）ちかくに、お京は佐吉とふたりで行徳河岸へ姿をあらわした。

ふたりは以前身を隠した路傍の樹陰から、青木と板倉の住む前田屋の長屋へつづく路地へ目をむけていた。

「ふたりいっしょだと、仕掛けられないね」

お京がつぶやくような声で言った。お京の簪も、相手がふたりでは役に立たない。

板倉が、ひとりになったとき、狙うしか手はなかった。

「板倉が、ひとりになるときもあるはずでさァ。桔梗屋へは、青木ひとりで出かけることもあるようですぜ。女将のおれんは、青木の情婦《いろ》らしいんでさァ。たまには、ふたりでしんねこを決め込みたいんでしょうよ」

佐吉が口元に薄笑いを浮かべて言った。

そのとき、路地から人影があらわれた。ふたりだった。青木と板倉である。

「だめだね。ふたりじゃァ手が出ないよ」

お京が言った。

ふたりは樹陰から出ずに、青木と板倉が遠ざかるのを見送った。

「また、明日だね」

お京は、さばさばした口調で言った。めずらしいことではなかった。お京が人を殺めるとき、その好機が来るまで、十日でも二十日でも待つことはざらだった。そうした根気も御助人の腕である。お京のようなやり方は、特にそうだった。焦って無理に仕掛けたら、返り討ちに遭う恐れがあるのだ。

翌夕も、お京と佐吉は行徳河岸へ姿を見せた。だが、その日は青木も板倉も長屋から出てこなかった。

板倉がひとり、路地から姿を見せたのは、お京と佐吉が張り込むようになって四日目だった。

瘦身で顎のとがった男がひとり、路地から通りへ出てきた。懐手をしながら、行徳河岸の方へ歩いていく。

「やっと、お出ましだよ」

お京の目がひかった。雌豹《めひょう》のような顔付きである。

「尾けますかい」

「そうだね。どうせなら、帰りがいいよ」

どうせ、飲んで帰るにちがいない。酔っていた方がやりやすいのである。

お京と佐吉は樹陰から路地へ出て、板倉の跡を尾け始めた。

板倉が入ったのは、日本橋川の鎧《よろい》ノ渡《わた》しちかくにあった縄暖簾を出した飲み屋だった。軒先の提灯に、樽八《たるはち》と記してある。屋号らしい。桔梗屋のおれんは青木の情婦だったので、板倉もひとりのときは行きづらいのであろう。

「今夜は、ひとりで飲みにきたようだね」

お京は路傍に足をとめ、口元にうす笑いを浮かべた。

「どうしやす、やつが出てくるのを待ちやすか」

佐吉が訊いた。

「どうせ、一刻（二時間）は出て来やしないよ。わたしらも、一杯やろうじゃァないか」

「お京さん、飲んでもでえじょうぶですかい」

佐吉が不安そうな顔をして訊いた。酒を飲んで板倉を殺れるのか、と心配になったらしい。

「なに、こっちも多少酔ってた方がいいんだよ。むこうも気をゆるすからね」

そう言って、お京は日本橋川沿いの通りに目をやった。一町ほど川下にそば屋らしい店があり、まだ明かりが洩れていた。

お京と佐吉は、そば屋で一杯飲み、そばで腹ごしらえをしてから樽八の近くにもどってきた。ふたりがそば屋にいたのは、半刻（一時間）ほどである。酒も酔うほどは飲まなかった。お京も、酔って簪をふるう手元が狂うのを恐れたのである。

「その柳の陰で、出てくるのを待ちましょうかね」

お京はそう言って、川岸の柳の樹陰にまわった。

佐吉も、お京のそばにきて身を隠した。

五ツ（午後八時）ごろである。上空に弦月がかがやき、降るような星空だった。静かな宵で、足元から日本橋川の流れの音が絶え間なく聞こえていた。ときおり酔客や夜鷹らしい女などが通ったが、ほとんど人影はなかった。川面を渡ってきた風は涼気をふくみ、酒で火照《ほて》ったお京の頬を心地好く撫でていく。

「お京さん、出てきやしたぜ」

佐吉が声を殺して言った。

樽八の店先から、痩身の武士が姿を見せた。明かりを背にして顔は分からなかったが、その体軀は板倉である。

「佐吉さん、行ってくるよ」

お京が、佐吉を振り返って言った。

月光に浮かび上がったお京の顔は、凄艶《せいえん》だった。肌が白蠟《はくろう》のように白く、唇が血を含んだように赤い。細い目が、うすくひかっている。

お京は柳の陰から通りへ出ると、胸のあたりに手を添え、腰を振りながら板倉に近付いていった。

板倉はゆっくりとした足取りで、お京の方へ歩いてくる。

お京は下駄を鳴らし、いかにも酔ったような格好で板倉に近付いていく。

板倉が三間ほどに迫ったとき、お京は初めてその姿に気付いたかのように足をとめ、驚いたような顔をして、

「お、お武家さま、ごめんなさいね、あたし、すこし酔ってしまって……」

と、甘えたような鼻声で言い、腰を振りながら歩きだした。

板倉はわざとお京の方に身を寄せて歩いてくる。目が好色そうなひかりを帯びていた。すこし酔っているらしく、肩が揺れていた。

「あっ！」

お京が声を上げ、何かに躓《つまず》いたように前によろめいた。

その拍子に、お京の肩が板倉の胸に突き当たって足がとまった。襟元がはだけて、白い胸の谷間が覗いている。

「女、どうした」

板倉も足をとめた。口元に卑猥な笑みが浮いている。

「あ、あたし、酔ってしまって……」

お京は悶《もだ》えるように尻を振りながら身をよじった。お京の身から酒と脂粉の匂い

がただよっている。

「足元がふらついているではないか。しっかりしろ」

板倉はニヤニヤしながら、ふらついているお京の肩に手をまわした。

「だ、旦那、やさしいんですね」

「おまえのようないい女には、だれでもやさしくなるさ」

板倉が鼻の下を伸ばして言った。

「どこかへ、連れていってくださいな」

言いながら、お京はしなだれかかるように身を寄せ、左肩先を板倉の胸に押しつけた。

「それで、どこへ行きたいんだ」

板倉が、お京の背に腕をまわして抱き寄せた。

そのとき、お京は右腕を髷の後ろへまわして簪を抜き取った。次の瞬間、ふり上げた簪の先が月光を反射《はね》てひかった。

「あの世へ行きな」

言いざま、お京が板倉の盆の窪に簪のとがった先を刺し込んだ。一瞬の迅業《はやわざ》である。

瞬間、板倉は喉のつまったような呻き声を上げ、目尻が裂けるほど瞠目《どうもく》して身を反らせた。

「お、女！」

板倉は声を上げ、お京の襟をつかんだが、そのまま凍りついたようにつっ立った。とがった顎が激しく揺れている。

「終わったよ」

お京は、盆の窪から簪を抜き取り、板倉の胸を手で押して後ろへ身を引いた。胸を押された板倉は後ろへよろめき、腰からくずれるように転倒した。伏臥した板倉はかすかに四肢を痙攣《けいれん》させていたが、悲鳴も呻き声も洩らさなかった。すでに、絶命したようである。

「お京さん、やりやしたね」

佐吉がお京に走り寄った。

「たあいなかったね」

お京がつぶやくような声で言った。

お京の顔が朱を刷いたように紅潮していた。唇が血のように赤らみ、倒れている板倉の背にむけられた目には嗜虐《しぎやく》的なひかりが宿っていた。

第五章　追跡

1

佐吉はひとり、日本橋川の岸辺の柳の陰に立っていた。十間ほど離れた路傍の叢《くさむら》のなかに、十人ほどの人垣ができていた。近所の住人と朝の早いぼてふりや出職の職人などである。その人垣のなかほどに、板倉の死体が横たわっていた。

昨夜、お京が板倉を仕留めた後、佐吉が板倉の死骸を路傍の叢に引き込んでおいたのである。その後、佐吉はお京には帰ってもらい板倉の死体のそばに身を隠して、近くで夜を明かした。板倉の死体を確かめに、青木だけでなく倉本や持田も姿をあらわすかもしれない、と佐吉は見ていた。倉本や持田があらわれれば、跡を尾けて隠れ家をつきとめるつもりだった。ところが、昨夜は倉本たちはおろか、青木さえ姿をあらわさなかった。夜のせいもあって、通りすがりの者で板倉の死体に気付いたのはごくわずかだった。気付いた者も泥酔者と思ったらしく、そのまま通り過ぎてしまったのだ。四ツ（午後十時）過ぎると、佐吉はあきらめて、近くの桟橋に舫《もや》ってある猪牙舟の船底の茣蓙《ござ》に横になって眠った。川面は静かで、揺れはほとんどなかった。叢で夜を過ごすより居心地はよかったのである。

死体を見て騒ぎだしたのは、明け六ツ（午前六時）過ぎだった。日本橋の魚河岸にむかうぼてふりが通りかかって騒ぎ出し、近所の者が集まってきたのである。

佐吉は柳の陰から死体を取りかこんだ人垣に目をやっていた。板倉の死体は青木や倉本をおびき寄せる餌である。時とともに野次馬の数が増え、岡っ引きらしい男も姿を見せたが、青木も倉本もあらわれなかった。

――この近くには、いねえのかな。

佐吉の胸をそんな思いがよぎった。

佐吉はひどく疲れていた。猪牙舟のなかで眠ったとはいえ、いっとき仮眠しただけである。諦めるか、と思い、佐吉が柳の陰から出ようとしたときだった。大柄な武士がひとり、足早に人垣に近付いてきた。

――青木だ！

やっと、あらわれた。まちがいなく青木である。ただ青木だけでは、なんにもならない。すでに、青木の隠れ家は分かっているのだ。

青木は人垣の肩越しに板倉の死体に目をむけていた。いっときすると、青木は人垣を分けて、死体に近付いた。そして、死体の脇に屈み込んで見ているようだった。

佐吉の場所からも、青木が死体のそばに屈み込んだことは見てとれた。ただ、人陰になって、青木が何をしているかは分からなかった。おそらく、死体の傷を確めているのだろう。

死体のそばに立っていた岡っ引きらしい男が、青木に何か訊いているようだった。青木はそれに答えたようだが、すぐに人垣を掻き分けて通りへ出てきた。

青木は、そのまま川上の方へむかって歩きだした。前田屋の長屋のある行徳河岸とは反対方向である。

――倉本たちの隠れ家にちげえねえ。

と、佐吉は思った。

佐吉は半町ほど青木をやり過ごしてから通りへ出た。跡を尾ければ、倉本たちの隠れ家が分かるかもしれない。

青木は日本橋川沿いの道をいっとき歩き、堀江町へ出ると、右手の掘割沿いの道をたどり、二町ほど歩いたところで左手の細い路地へ入っていった。

路地の突き当たりに、生け垣をめぐらした仕舞屋があった。借家ふうの古い家屋である。青木は枝折り戸を押して、戸口へむかった。そして、引き戸をあけて家のなかへ入った。

——ここか！

佐吉は、倉本たちの隠れ家だろうと思った。

生け垣に身を寄せて、なかの様子をうかがった。障子はしめられたままで、家のなかの様子は分からなかったが、くぐもったような声が聞こえた。男の声である。青木がだれかと話しているようだったが、話の内容までは聞き取れない。

佐吉は戸口から出てくるのではないかと思い、しばらく身を隠していたが、だれも出てこなかった。

半刻（一時間）ほどして、佐吉は生け垣のそばから離れた。近所で聞き込んだ方が早いと思ったのである。

佐吉は掘割沿いの道へもどると、独り暮らしの武士が立ち寄りそうな酒屋、そば屋、一膳めし屋などで、仕舞屋の住人のことを訊いてみた。

三軒目に立ち寄った酒屋の親爺が、仕舞屋の住人のことを知っていた。何度か、頼まれて家へ酒をとどけたことがあるという。

「あそこには、お侍さまが三人住んでますよ」

五十がらみの親爺は、不安そうな目で佐吉を見ながら言った。佐吉を岡っ引きとでも思ったらしい。

「三人だと」

佐吉が思っていたよりひとり多かった。

「へい」

「それで、名は分かるかい」

佐吉は、わざと岡っ引きらしい物言いで訊いた。

「ひとりだけなら」

「なんてえ名だい」

「田島さまといってましたよ」

親爺は、酒をとどけたとき、別の武士が田島と声をかけたのを耳にしたという。

「田島か」

田島与一郎かもしれない、佐吉は、田島の名を十四郎から聞いていたのだ。

「他のふたりの年格好と顔付きを話してくれ」

「へい、ひとりは三十がらみで、背の高えお方で」

「三十五、六ですかね。背丈は五尺……、そこそこってとこかな」

親爺は首をひねりながら言った。はっきりしないらしい。

「もうひとりは」

「そうかい」

倉本と持田と見ていいのではないか。倉本は三十がらみで背が高いと聞いていた。もうひとりの方ははっきりしないようだが、田島や倉本と身をひそめているとすれば、持田しか考えられないのだ。

佐吉が口をとじて、虚空に視線をむけていると、親爺が、

「もういいでしょうかね」

そう言って、奥へもどりたいような素振りを見せた。やりかけた仕事でもあるのかもしれない。

「もうひとつだけ、訊きてえことがある。あの家は借家のようだが、だれの持ち家だい」

国許から江戸へ出た倉本たちが、自分たちで借家を見つけたとは思えなかった。だれか、借家を世話した者がいるはずである。

「前田屋さんですよ、廻船問屋の」

そう言うと、親爺は佐吉に首をすくめるように頭を下げ、奥へひっ込んでしまった。

——まちげえねえ！

と、佐吉は確信した。前田屋が倉本たちの隠れ家を提供したのである。

佐吉は酒屋を出た足で、駒形町の百獣屋にむかった。十四郎たちに倉本と持田の隠れ家をつかんだことを報《し》らせるためである。

十四郎と会った佐吉は、持田かどうかはっきりしない、と前置きして、酒屋の親爺から聞き込んだことをかいつまんで十四郎に話した。

佐吉から報告を受けた十四郎は、

「よくやった、佐吉」

そう言って、佐吉をねぎらった。倉本、持田、田島の三人の隠れ家にまちがいないだろう、と十四郎は確信した。くわえて、青木の居所も知れている。

「これで、井川兄妹も敵が討てるな」

いっしょに話を聞いていた茂十が言った。

「うむ……」

十四郎の胸の内には、不安があった。まだ、泉之助もゆきも倉本に一太刀あびせるほどの腕はなかった。十四郎と波野が助太刀するとしても、やり方によっては井川兄妹が返り討ちに遭うかもしれないのだ。

2

「泉之助、討て!」

十四郎が声を上げた。

その声にはじかれたように、泉之助は八相に構えて疾走し、袈裟に斬り込んだ。すかさず、十四郎は体をひねりながら青眼から掬い上げるように刀身を斬り上げた。

キーン、という甲高い金属音がひびき、青火が散った。同時に、泉之助の刀身が跳ね上がり、勢いあまった泉之助は前に泳いだ。

「まだだ、もうすこし迅《はや》く」

十四郎が言った。

だいぶよくなってきたが、まだ倉本に一太刀あびせるのは無理である。倉本は十四郎と同じように泉之助の斬撃を撥ね上げ、泳ぐところへ一太刀あびせるはずだった。いまのままで仕掛ければ、泉之助は返り討ちに遭うだろう。

「は、はい」

泉之助は目をつり上げ、必死の形相でふたたび八相に構えた。

「駆け寄りざま斬れ！　迷うな」

十四郎もふたたび青眼に構え、相対した敵の喉元に切っ先をつけた。

そして、フッ、と剣尖を浮かせた。今度は掛け声を発しなかった。ちかごろは、倉本の剣の動きに反応するよう、十四郎が声をかけないときが多かったのだ。

刹那、泉之助が反応した。

八相に構えたまま疾走し、斬撃の間に踏み込むや否や袈裟に斬り込んできた。

間髪をいれず、十四郎の体が躍動した。

青眼から刀身を斬り上げ、泉之助の斬撃をはじいた。

泉之助は前に泳いだが、わずかに十四郎の体勢もくずれた。瞬間、泉之助の斬撃に押されたのである。

「いいぞ、もうすこしだ」

十四郎は、泉之助を褒めた。たしかに、前よりはだいぶ迅くなっていた。

だが、倉本を斬ることはできないだろう。人を斬る鋭さと果敢さに欠けているのだ。泉之助の気弱さによるのだろうか。捨て身になって、敵を斬る気魄が足りない。

まだ、道場で竹刀や木刀を振りまわす稽古の域を出ていないのだ。

「いま、一手！」

十四郎は声を上げた。

「はい！」

泉之助は、およそ三間の間合をとって八相に構えた。

十四郎と泉之助の脇では、波野とゆきが稽古をしていた。ゆきは、倉本役の波野が斬り込んだ瞬間をとらえ、懐剣で脇腹を突くのである。なかなか倉本の脇腹を突けるほどにはならないらしい。

ゆきもだいぶ腕を上げたようだが、やはり女である。

ちかごろは、長屋の子供たちも飽きたらしく、見物している者はいなかった。泉之助とゆきの甲声だけが、何度も何度も空き地にひびいた。

その空き地に、助八が姿を見せた。何かあったらしく、顔がこわばっている。

「旦那！　ももんじの旦那」

助八は、十四郎の後ろへ来て声をかけた。

「助八、どうした」

十四郎は刀を下ろして振り返った。

泉之助も刀を手にしたまま怪訝な顔をして近寄ってきた。顔に浮いた玉の汗を手の甲でぬぐっている。

「倉本たちが、堀江町の借家からいなくなっちまいやしたぜ」

助八が首をすくめるようにして言った。

佐吉が倉本と持田の隠れ家をつかんできて、三日経っていた。その間、佐吉と助八が交替で、隠れ家を見張っていたのだ。それというのも、板倉がお京に始末された後、前田屋の長屋にいた青木が倉本たちの隠れ家に入り、同居するようになったからだ。青木はひとりになったことにくわえ、長屋を隠れ家にしていることを十四郎たちに気付かれたと思い、倉本たちの塒に転がり込んだらしいのだ。

倉本、持田、青木の東軍流の遣い手三人を相手にして、井川兄妹に敵を討たせるのはむずかしかった。それに、十四郎には、もうすこし井川兄妹に稽古をさせたいという気持ちもあった。それで、佐吉と助八に、倉本たちの隠れ家を見張るように頼んだのだ。

「いなくなっただと」

思わず、十四郎が訊き返した。

波野とゆきもそばに来て、助八に目をむけている。

「へい、今朝、堀江町へ出かけやしてね。家のなかがやけに静かなんで、覗いてみたんでさァ。そうしたら、もぬけの殻なんで」

助八によると、今朝の六ツ半（午前七時）ごろには、仕舞屋をかこった生け垣のそばに着いたという。

助八は生け垣の陰に身を隠し、なかの様子をうかがっていた。ところが、家は静まり返り、人声はおろか何の物音も聞こえてこなかった。

不審に思った助八は生け垣の陰から出て、家の戸口まで足音を忍ばせて近寄った。そして、引き戸の隙間からなかを覗いてみたが、人のいる気配はなかった。

助八は庭の方へもまわってみた。やはり、人声も物音も聞こえてこなかった。助八は足元の小石を手にすると、縁側の先の座敷の障子にむかって投げつけた。家にだれかいれば、何か反応するだろうと思ったのだ。

小石は障子を突き破って、畳に転がった。だが、家のなかは静寂につつまれたままで、何の反応もなかった。

――留守のようだ。

助八は、思い切って、縁側から家のなかに入った。

だれもいなかった。居間、寝間が二部屋、それに台所と土間。どこにも人影はなく、整然としていた。寝間の枕屏風の陰に夜具が畳まれていたが、倉本たちの衣類もなかった。

――逃げちまったぜ。

助八は、倉本たちが家から姿を消したことを察知した。

「ま、そういうことなんでさァ」

そう言って、助八は首をすくめた。

「となると、また、倉本たちの隠れ家をつきとめねばならんのか」

十四郎が、がっかりしたように言った。

泉之助とゆきの顔にも落胆の色があった。やっと、倉本の所在が分かり、いよいよ父の敵が討てると意気込んでいた矢先である。

「ですが、旦那、やつらを探す手はありやすぜ」

助八が上目遣いに十四郎を見ながら言った。

「手とは」

「前田屋の手代の伊勢吉《いせきち》でさァ」

助八によると、一昨日、伊勢吉が二度も堀江町の隠れ家に姿を見せ、倉本たちと話していったという。

「やつら、前田屋の世話でどこかにもぐり込んだにちげえねえ。伊勢吉の口を割らせりゃァ、やつらの新しい塒は分かるはずでさァ」

助八が言った。

「そうだな」

十四郎も、倉本たちが身を隠したのは前田屋の手引きによるものだと思った。

3

のそり、と伝海が百獣屋の店先から入ってきた。その巨漢の後に、助八が跟《つ》いてきた。伝海は黄八丈の小袖に黒羽織で、町医者のような格好をしていた。伝海は禿頭を撫でながら店のなかを見まわし、隅の飯台に十四郎がいるのを目にすると、腰をかがめながら近付いてきた。巨漢のせいもあって、家に入ると腰をかがめる癖がついたらしい。

「ももんじどのは、やっぱりここか」

伝海が言った。伝海も、助八と同じように、十四郎のことをももんじと呼ぶ。百地と呼ぶより、ももんじの方が呼びやすいらしい。

「伝海、一杯やるか」

十四郎は、飯台の上の銚子を取り上げた。伝海も酒好きだが、あまり強くない。元修験者だったというが、獣肉が好きで百獣屋に入り浸っているうちに、御助人になったのである。

「ありがたい」

伝海は、十四郎の脇にあった空き樽にどかりと腰を下ろした。その伝海の前に、助八も腰を下ろし、ニヤニヤしながら十四郎と伝海に目をやっている。

十四郎は店にいた泉吉にふたりの猪口を頼み、伝海と助八についでやった。

「それで、何の用だ」

十四郎は、伝海が猪口の酒を一口飲むのを待ってから訊いた。十四郎に会うために、百獣屋に来たらしいのだ。

「頼みがあってな」

伝海が言った。

「おれにか」

「そうだ。……助八から聞いたんだが、前田屋の伊勢吉の口を割らせて、倉本たちの居所を吐かせるつもりらしいな」

「そのつもりだ」

十四郎は、今日明日にも伊勢吉を捕らえて、倉本たちの隠れ家を聞き出すつもりでいた。

「その役、おれにやらせてくれんか。お京さんも動いたというし、何もしてないのはおれだけだからな。どうも、百獣屋に来ても腰が落ち着かん」

伝海が照れたような顔で言った。

「かまわんよ」

十四郎は、伝海が適役かもしれないと思った。伝海は巨軀の持ち主で、前に立たれただけでも威圧を感じる。脅して口を割らせるには、もってこいだし、強力《ごうりき》なので相手を抱え上げて連れ出すこともできる。

「それでは、おれにまかせてくれ」

伝海は、猪口の酒をかたむけた。

そして、フウ、と一息つくと、

「助八、手を貸してくれ」

と、言って立ち上がった。さっそく、伊勢吉の口を割らせるつもりらしい。

伝海と助八の後ろ姿が店先から消えると、十四郎も残りの酒を飲み干して立ち上がった。泉之助とゆきの稽古を見てやろうと思ったのである。

伝海は大川端を川下にむかって歩きながら、

「助八、伊勢吉だが、店から出ることがあるのか」

と、訊いた。

伊勢吉を締め上げて口を割らせるとなると、どうしても縛り上げてどこか人目のないところに連れ込まねばならなかった。町方でもない伝海が、前田屋に踏み込んで伊勢吉を縛り上げることはできないのだ。

「それが、ふだんはあまり店から出てねえようなんで」

助八が小声で言った。

「それでは、やりようがないな」

伝海が渋い顔をした。

「ときどき、店の前にある桟橋までは出てきやすがね」

前田屋の前に日本橋川が流れていて、そこに専用の桟橋があった。船荷を積んだ艀《はしけ》や猪牙舟をその桟橋に着けて、陸揚げするのである。そのとき、伊勢吉は陸揚げの船頭や人足を指図しに、桟橋へ出てくるという。

「桟橋か」

伝海は歩きながら黙考していたが、何か思いついたらしく、

「助八、近くに別の桟橋はあるか」

と、顔を助八にむけて訊いた。

「ありやすよ。行徳河岸は船問屋が多いんで、桟橋はすくなくねえ」

「その桟橋まで、何とか伊勢吉を連れ出せんかな」

「やつは、けっこう男前だ。女を使えば、連れ出せねえことはねえが……」

助八は考え込むように首をひねった。

「お京さんの手を借りるか」

伝海が言った。

「お京さんなら、伊勢吉もひっかかりやすぜ」

助八が、それで、どうしやす、と伝海に身を寄せて訊いた。

「耳を貸せ」

伝海が助八の耳元でささやいた。

「そいつはいいや」

助八が、ニヤリと嗤った。

その日、七ツ（午後四時）過ぎ、伝海、助八、お京の三人は、駒形堂近くの桟橋から猪牙舟に乗って大川へ出た。舟を調達したのは、茂十だった。茂十は近くに懇意にしている船宿があったので、その店の持ち舟を一艘借りたのである。艫《とも》で櫓《ろ》を漕ぐのは助八だった。なかなか巧みである。伝海とお京は、船底に敷いた茣蓙に腰を下ろし、莨《たばこ》をくゆらせながら、川岸にひろがる浅草の家並や何棟もつづく浅草御蔵などに目をやっていた。風のないおだやかな日で、西陽を映した大川の川面が淡い黄金色にひかっていた。その川面を客を乗せた猪牙舟や屋形船などが、ゆっくりと行き交っている。

「一杯やりたいような気分だね」

お京が目を細めて言った。

「舟の上で、お京さんと一杯やるのはおつだが、今日は浮いた話にはならんな」

伝海は指をポキポキ鳴らしながら言った。

助八の漕ぐ舟は、両国橋をくぐり、川下へ川面をすべるように進んでいく。行徳河岸へ入ると、助八は舟をゆっくり進ませた。そして、前方左手にちいさな桟橋が見えると、

「あそこに、着けやすぜ」

と言って、水押《みよ》しを桟橋にむけた。

桟橋には猪牙舟が四艘舫ってあるだけで、人影はなかった。桟橋を上がった向いが田原屋《たはらや》という船問屋だった。桟橋は田原屋の専用らしい。

助八は巧みに舟をあやつり、水押しを舫ってある猪牙舟の間に侵入させた。そして、舫い綱を桟橋の杭にかけると、先に舟から飛び下り、

「ちょいと、前田屋の様子を見てきやす」

と言い残し、桟橋につづく石段を駆け上がった。

4

なかなか助八はもどってこなかった。

陽が家並のむこうに沈み、そろそろ暮れ六ツ（午後六時）かと思われるころになって、やっと助八が姿をあらわした。

「すまねえ。伊勢吉のやろう、なかなか店から出てこなかったもんで」

助八は慌てて石段を駆け下りてきた。

「それで、あたしの出番かい」

すでに、舟から桟橋に下りていたお京は、助八に近付きながら訊いた。

「へい、すぐに頼みやす」

「それじゃァ、伝海さん、行ってくるよ」

お京は振り返って伝海に声をかけると、助八につづいて石段を上がった。

そして、半町ほど歩いたところで足をとめた。そこは、前田屋の店舗の斜前《はすまえ》で、前田屋の桟橋から半町ほどの距離にあった。

「ここまでは、あっしが連れて来やすぜ」

そう言い残し、助八は小走りに前田屋の桟橋へむかった。

桟橋には大坂から米が廻漕されてきて、艀から陸揚げされているところだった。前田屋の印半纏《しるしばんてん》を着た船頭や荷揚げ人足などが、米俵を桟橋に下ろしていた。その米俵をふたりがかりで石段を担ぎ上げ、大八車に積んで前田屋の倉庫に運び入れるのである。

伊勢吉は、前田屋の番頭にしたがって他のふたりの手代といっしょに大八車のそばで、船頭や人足たちに指図していた。指図といっても、米俵を運び入れる倉庫を指示しているだけである。

助八は路傍で荷揚げの様子を見ていた。伊勢吉がその場から離れられる機会を待っていたのである。

一艘の艀で運ばれてきた米俵を運び終えたとき、すかさず助八が伊勢吉のそばに走り寄った。

「ちょいと、伊勢吉さん」

助八は満面に笑みを浮かべて声をかけた。

「わたしに、用ですか」

伊勢吉が振り返って怪訝な顔をした。

「あっしは、忠助《ちゅうすけ》っていいやす。あの女《ひと》に、頼まれやしてね」

助八は伊勢吉に身を寄せて、半町ほど先に立っているお京を指差した。忠助は、咄嗟に浮かんだ偽名である。

「だれです、あの女《ひと》」

伊勢吉が訊いた。

「おせんさんですよ。忘れちまったんですか」

助八はお京にも偽名を使った。

「おせんさん……」

伊勢吉は首をひねった。

「にくいね。伊勢吉さん、大勢、女がいるんで忘れちまったんでしょう」

助八は太鼓持ちのような物言いをした。

「覚えがないなァ」

「ちょいと、いっしょに来てくださいよ。おせんさん、伊勢吉さんに渡したいものがあるといって、あそこで待ってるんですから」

「そんなこと言われても、あたしはここを離れられないし……」

伊勢吉は栈橋の方へ目をやった。荷揚げが一段落して、船頭や人足は栈橋や石段に腰を下ろして一服しているところだった。

「すぐ、済みますよ。それに、結び文なんかじゃァありませんぜ。莨入れ。そのまま質屋に持っていったって、二両や三両は出してくれそうな代物ですぜ。おせんさん、無理して買ったようです。伊勢吉さんのためにね」

助八はそう言って、伊勢吉の腰のあたりをつついた。

「おせんさんねえ。……ともかく、事情だけは訊いてみましょうか」

そう言って、伊勢吉はお京の方へ歩きだした。

後についた助八が、ぺろっと舌を出した。むろん、伊勢吉には分からない。

伊勢吉が歩き出すと、お京は伊勢吉を振り返って見ながらすこし歩き、伝海のいる栈橋につづく石段をゆっくりと下りだした。

「あの女《ひと》、どこへいくんです」

伊勢吉が戸惑うような顔をして助八に訊いた。

「あそこは田原屋さんの桟橋ですよ。だれもいねえし、通りからも見えねえ。おせんさん、ふたりきりで、伊勢吉さんと逢いてえんでしょうよ」

助八が上目遣いに伊勢吉を見ながら言った。

桟橋の上まで行くと、桟橋のなかほどにひとりお京が立っていた。恥ずかしげにうつむいていたが、後ろが気になるらしく、肩越しにちらちらと通りへ目をやっている。いかにも、うぶな町娘が、愛しい男が近付くのを待っているような仕草である。

引かれるように、伊勢吉は石段を下り始めた。

お京は桟橋の先の方にすこしだけ歩き、恥ずかしげにうつむいてもじもじしている。

「おせんさんですか」

伊勢吉が、桟橋のなかほどまで来て声をかけた。

そのときだった。突然、桟橋の一番岸よりに舫ってあった猪牙舟の船底に敷いてあった莫蓙が捲れ上がり、伝海が姿を見せた。莫蓙をかぶって、姿を隠していたのだ。莫蓙は大きく持ち上がっていたので、そう思って見ればすぐに分かったはずだが、お京だけに目がいっていた伊勢吉は、船底など見もしなかったのだ。

伝海は舟から栈橋に飛び上がり、伊勢吉の前に駆け寄った。巨体に似合わぬ敏捷な動きである。

「だ、だれです、あなた！」

伊勢吉が顔をひき攣らせた。

「だれでもいい」

言いざま、伝海はいきなり左手で伊勢吉の襟首をつかみ、右手で伊勢吉の顎をつかんで口をふさいだ。大きな手である。

伊勢吉は恐怖に目を剝き、逃げようとしたが、伝海の怪力で襟を締められて身動きできなかった。

「助八、猿轡《さるぐつわ》をかませろ」

伝海が声を上げた。

「へい」

すばやく助八が伊勢吉の後ろへまわり、手ぬぐいで猿轡をかませ、さらに両腕を後ろに取って縄で縛った。

「おまえには、ゆっくり話を聞かせてもらうぞ」

そう言うと、伝海は伊勢吉を軽々と抱え上げて舟に乗せた。

助八が櫓をにぎって舟を桟橋から離し、大川へ水押しをむけた。

大川の川面は淡い暮色につつまれ、濃い藍色の流れが幾重にも波の起伏を刻みながら川下の江戸湊へと流れていく。

助八の漕ぐ舟は川上にむかった。まだ、大川には猪牙舟や屋形船などが行き来していたが、来たときよりめっきりすくなくなり、伝海たちの乗る舟に不審の目をむける者はいなかった。それに、夕闇が濃くなり、舟の上の人影が見えるだけで、何をしているかは分からなかったのである。

舟が両国橋の下をくぐり、左手の川岸の先に浅草の家並が見えてきたところで、

「さて、伊勢吉に話してもらうか」

と言って、伝海は伊勢吉のすぐ前に、どかりと腰を下ろした。

「騒ぐと、この場で絞め殺すからな」

伝海はそう言ってから、太い腕を伊勢吉の後ろへまわして猿轡をはずした。

伊勢吉は蒼ざめた顔で、歯の根も合わぬほど顫えていた。蛇に睨まれた蛙のように身が竦んでいる。

「倉本、持田、青木、田島の四人を知ってるな」

伝海が低い声で訊いた。凄みのある声である。

伊勢吉はひき攣った顔を伝海にむけたまま黙っている。しらを切るというより、恐怖で口が利けないらしい。

「どうなんだ」

伝海がすこし声をやわらげた。

「は、はい」

「四人は堀江町の借家から、どこへ移った」

「そ、それは……」

伊勢吉が口ごもった。話せないらしい。

「しゃべらないなら、この顎を握りつぶしてやるぞ」

言いざま、伝海が太い腕を伸ばして伊勢吉の顎を、ムズとつかんだ。万力のような力である。

「は、話し……」

伊勢吉は言いかけたが、顎を押さえられた声がつまった、恐怖に目を剝き、慌てて頭を縦に振った。

「四人は、どこに移った」

伝海は顎から手を放し、あらためて訊いた。

「た、高輪の、隠居所に」

伊勢吉が切れ切れに言った。

「そうか。高輪か」

伝海は十四郎から高輪の隠居所で太田原たちが、倉本たちに襲われて壊滅状態になったことを訊いていた。どうやら、倉本たちは、また高輪の隠居所へ集まっているらしい。一度、太田原たちを誘い込み、深沢たちに知られた隠れ家だったので、かえって見逃すだろうと踏んだのかもしれない。倉本たちの狙いどおり、その後、深沢や十四郎たちは、高輪の隠居所を探らなかったのである。

「高輪には、倉本たちの他に何人ほどいるのだ」

伝海は、四人の他にも村越の意を受けた山城派の藩士が集まっているのではないかと思った。

「六、七人です」

伊勢吉が小声で言った。

「大勢だな」

都合、十人ほどになる。おそらく、山城派の藩士が結集しているのだろう。板倉が始末されたことで、警戒しているようだ。あるいは、新たに佐原派の要人を襲う計画でも立てているのかもしれない。

「助八、舟を駒形堂近くの桟橋に着けてくれ」

伝海が言った。

「伊勢吉は、どうしやす」

櫓を漕ぎながら助八が訊いた。

「絞め殺して、川に流してしまおう」

伝海がそう言うと、伊勢吉が、ヒイイッ、と喉を裂くような悲鳴を上げて、船底を這うように後ろへ下がった。

「伝海さん、助けておやりよ。あたしら、御助人なんだよ。人を助けてやるのが仕事じゃァないか」

お京が、笑みを浮かべて言った。

「そうだな。殺すこともないか。百獣屋の納戸にでも、ほとぼりが覚めるまで放り込んでおくか」

すぐに、伝海がうす笑いを浮かべながら言った。伝海は初めから伊勢吉を殺す気はなかったのである。

百獣屋の二階の納戸は、人を匿ったり、監禁したりする場所でもあったのだ。

「桟橋に着きやすぜ」

助八が声を上げた。

5

伝海が伊勢吉から倉本たちの隠れ家を聞き出した二日後、百獣屋に深沢と武左衛門が姿をあらわした。十四郎が武左衛門に連絡し、深沢とともに来てもらったのだ。百獣屋の奥の座敷に、五人の男が集まった。十四郎、波野、深沢、武左衛門、それに茂十である。

「それで、話というのは？」

武左衛門が切り出した。

「倉本たちの隠れ家が知れたのだ」

十四郎が言った。

「まことか」

武左衛門は驚いたような顔をして、それで、どこだ、と訊いた。十四郎たちが、自分たちより早く倉本たちの隠れ家をつかむとは思わなかったのかもしれない。

「高輪にある前田屋の隠居所だ」

十四郎は、そこに倉本、青木、持田、田島のほかに山城派の家臣がくわわり、十人ほどいるらしいことを話した。

「うむ……。また、隠居所を隠れ家にしてひそんでおったか。これで、前田屋が村越と組んで、倉本たちを匿っていることがはっきりしたな」

武左衛門は、皺の多い顔を怒りで赭黒《あかぐろ》く染めた。

「それで、どうする」

十四郎が訊いた。

敵は倉本、青木、持田の三人の遣い手にくわえ、滝園藩の家臣が七人ほどもいるのだ。敵討ちの助勢どころではない。下手に手を出せば、十四郎たち御助人が返り討ちに遭う。十四郎は、深沢たちがどうする気なのか、まずそれを確かめようと思って深沢と会う気になったのである。

「このまま倉本たちを放置できんが、かといって、隠居所に押し入って斬り合うわけにもいかん」

深沢が言った。顔が苦慮にゆがんでいる。

深沢によると、腕に覚えのある味方の家臣を集めても、倉本たち三人の遣い手をくわえた十人もの相手を討ち取ることはむずかしいという。さらに、人目につかない隠居所内であっても、敵味方二十人もで斬り合ったら騒ぎが大きくなり、内済で処理することはできなくなる恐れがある。幕府の知るところとなって、滝園藩が咎《とが》めを受けるかもしれないというのだ。

「どうしたものか」

深沢がつぶやくような声で言った。武左衛門も沈痛な顔をして視線を落としている。

いっとき、座は重苦しい沈黙につつまれていたが、十四郎が何か思いついたように顔を上げて、

「それで、味方の家臣は何人ほど戦いにくわわれるのだ」

と、訊いた。

「井川兄妹をくわえ、七、八人なら」

深沢が低い声で言った。

「うむ……」

となると、味方は十四郎、波野、伝海をくわえても、敵勢とほぼ同数だった。泉

之助とゆきは戦力にならないから、まともにやり合ったら、味方は劣勢である。

「だが、藩士たちはいつも隠居所にいるわけではないぞ」

武左衛門が、言いだした。

「隠居所におる家臣たちは、本来町宿や藩邸に住む者たちなのだ。ぜんぶの者が隠居所で寝起きしているとは考えられん。賄《まかな》いも、年寄り夫婦がいるだけと聞いている。おそらく、何人かは隠居所にいない日があるはずだ」

武左衛門は、隠居所を見張り、人数がすくないときに襲ったらどうか、と言い添えた。

「妙案だな」

深沢が膝を打った。

「だが、見張りはだれがやる。それに、いつも味方のぜんぶが、襲撃できるように待機していなければならないぞ」

十四郎が言った。

「見張りはわれらが……。国松と島内にやらせよう」

深沢が、滝園藩の者はいつでも屋敷を出られるよう待機させておく、と言い添えた。

十四郎は、波野に目をやった。

すると、波野は仕方ないな、という顔でうなずいた。

「ならば、こちらもそうするか」

十四郎も同意した。

そのとき、話が一段落したと見た茂十が、

「深沢さま、また、話が大きくなりましたようで。……まるで、合戦でも始まるようでございますな。それに、前田屋の隠居所が倉本たちの隠れ家だとつきとめるだけでも、大変でしたよ。大きい声じゃァ言えませんが、いまも、ひとり監禁してるんでございますよ」

ギョロリとした目で、深沢を見ながら言った。茂十は御助料を上積みしようとしているのだ。

「難儀であったろうな」

深沢がうなずきながら言った。

「てまえも、これほど大きな話になるとは、思いもしなかったもので。さらに、何人もの御助人に働いてもらうとなると、先立つものが……」

茂十は顎の髭を指先で撫でながら言った。その目に、深沢の心底を覗くような色があった。

「分かった。いまは持参しておらぬが、相応の礼をいたそう」

深沢は渋い顔をしながらも、うなずいた。

「さすが、深沢さま。お心がひろい」

茂十がニンマリとした。

それから、敵、味方の家臣のことをいっとき話した後、

「ところで、敵討ちだが、隠居所に泉之助とゆきを同道するつもりかな」

と、武左衛門が訊いた。顔がこわばり、目には不安そうな色があった。武左衛門は後見人として、井川兄妹の敵討ちが気になっているようである。

「そのつもりだ」

十四郎も、そのとき倉本を討つしかないと思っていた。

隠居所で倉本たちと斬り合うのは、最後の決戦となるだろう。その戦いで、倉本たちが勝てば、一気に村越たちが勢力を伸ばし、逆に井川兄妹が命を狙われ、江戸にとどまることもむずかしくなるはずだ。なんとしても、隠居所で倉本を討たねばならない。

「百地どの、波野どの、頼みますぞ」

武左衛門は十四郎と波野を見つめ、深く頭を下げた。

6

フッ、と十四郎が剣尖を浮かせた。

刹那、泉之助が甲高い気合を発して走りだし、八相から袈裟に斬り下ろした。

間髪をいれず、十四郎は体をひねりながら、逆袈裟に刀身を撥ね上げた。

キーン、という甲高い金属音がひびき、ふたりの刀身が上下に跳ね返った。次の瞬間、泉之助の体が前に泳ぎ、十四郎は体勢をくずしながら後方へ跳んだ。十四郎も、泉之助の斬撃に押されたのである。

「いいぞ、いまの斬り込みなら、倉本も斃《たお》せる」

十四郎が、声を上げた。

そう言って褒めたが、十四郎は胸の内で、

——まだ、倉本は斬れぬ。

と、思った。たしかに、泉之助の斬撃は迅さと鋭さを増していた。だが、倉本を斬るには足りないものがあった。それは、捨て身の気魄である。真剣勝負の場合、一瞬の迷いや気後れが、勝負を決することが多い。おそらく、泉之助は倉本と真剣で対峙したとき、倉本の迫力と威圧に呑まれて身が竦むはずだ。そうなると、斬撃の威力が半減する。

——それを撥ね除《の》けるのは、捨て身の気魄しかない。

真剣勝負の修羅場をくぐってきた十四郎には、それが分かる。ただ、口で捨て身の気魄を持てと言ってもどうにもならない。敵討ちは迫っていた。今日、明日にも、深沢の手の者が知らせにくるかもしれない。いまは、せめて泉之助に自信を持たせるよう褒めてやるより他に手はないのだ。

「お師匠、いま、一手」

泉之助が目をひからせて言った。だいぶ、自信だけは持ったようである。

「よし」

十四郎は、ふたたび青眼に構えた。

ゆきも、波野を相手に懐剣で倉本を突く稽古をつづけている。

それから半刻（一時間）ほどしたとき、助八が空き地に姿を見せた。助八の顔がこわばっている。

「ももんじの旦那、百獣屋に来てくだせえ」

助八が、十四郎に身を寄せて言った。

十四郎は、深沢の手の者が報《し》らせに来たことを察知した。泉之助が抜き身を手にしたまま十四郎のそばに近寄ってきた。顔に緊張の色があった。泉之助も、倉本を討つときがきたことを察知したようだ。

波野とゆきも十四郎のそばに歩を寄せた。ゆきの顔にも、緊張の色がある。

「波野、いっしょに来てくれ」

「分かった」

十四郎と波野は、泉之助とゆきに稽古をつづけるよう言い置いて、百獣屋にむかった。百獣屋には、国松が来ていた。店内の土間にいた国松は十四郎と波野の顔を見ると、走り寄って、

「百地どの、波野どの、今夕、決行する所存にござる」

と、昂った声で言った。

「それで、敵の人数は」

十四郎が訊いた。

「総勢七人。倉本、持田、青木の三人の他、家臣が四人おります」

国松によると、隠居所にいた家臣のうちひとりが上屋敷の長屋にもどり、ひとりが町宿に帰っているという。

「それで、味方は」

「七人です。お指図は深沢さまが……。それがしと島内、他に腕に覚えの家臣が三人おります。武左衛門さまもくわわるそうでございます」

国松がけわしい顔で言った。

「戦えるな」

深沢と武左衛門はともかく、腕の立つ家臣が五人いる。それに、井川兄妹、十四郎、波野、伝海がくわわることになっていた。隠居所にいる倉本たちを上まわる戦力である。

「陽が沈むまでに、高輪に参ろう」

十四郎がそう言うと、

「では、高輪で」

そう言い残し、国松は百獣屋から出ていった。

十四郎は伝海に知らせるよう、助八に頼んでから、波野とともに長次郎店に帰った。陽は西の空にかたむいていた。八ツ（午後二時）を過ぎているだろう。高輪まで、猪牙舟で行くことになっていたが、のんびりしてはいられない。十四郎から話を聞いた泉之助とゆきは、すぐに戦いの支度を始めた。泉之助は小袖にたっつけ袴だが、ゆきは、この日のために白衣を用意していた。ただ、白衣は目立つので、高輪まではふだんの着物を羽織っていくようだ。

十四郎と波野は、ふだんの小袖と袴姿である、事前に、袴の股だちを取り、襷で両袖を絞るだけである。

波野の妻の満と娘の鶴江は、ただならぬ気配を感じとり、不安そうな目を波野にむけた。

「案ずるな。泉之助どのとゆきどのの敵討ちだが、おれは検分役でな。遠くから、見ているだけなのだ」

波野が笑みを浮かべて言った。妻子思いの波野は、ふたりに心配させまいとしたのである。

「行くぞ」

十四郎が声をかけ、波野、泉之助、ゆきの三人がつづいた。

十四郎たち四人が、駒形堂近くの桟橋へ行くと、茂十たちが来ていた。伝海とお京の姿もあった。茂十とお京は見送りである。伝海の身装《みなり》は筒袖にたっつけ袴で、六尺ほどの金剛杖を持っていた。筒袖の下には鎖帷子《くさりかたびら》を着込んでいる。額に頭布《ときん》をつけ、結袈裟《ゆいげさ》でも掛ければ修験者にも見える。桟橋に舫ってある二艘の猪牙舟に助八と佐吉がいて、舟を出す用意をしていた。二艘の舟で、高輪にむかう手筈になっていたのだ。

「三人とも、御助人だってことを忘れるなよ」

茂十が、十四郎たちに声をかけた。無理をして命を落とすな、と言っているのである。

「帰ってきたら、百獣屋で一杯やりましょうね」

お京が言った。こうした斬り合いにお京はむかなかったので、初めから隠居所には行かないことになっていたのだ。

「行ってくるぞ」

十四郎が、照れたような顔をして舟に乗り込んだ。これまで、茂十やお京に見送られて御助の仕事に出ることなどなかったのだ。

十四郎につづいて、泉之助とゆきが舟に乗り込んだ。もう一艘に波野と伝海が乗ると、二艘の猪牙舟は桟橋を離れ、水押しを川下にむけた。

十四郎たちの乗った二艘の舟は高輪にむかって、すべるように大川を下っていく。

第六章　敵討ち

1

西の空に血を流したような残照がひろがっていた。松林のなかには淡い夕闇が忍び寄っている。林間は静寂につつまれているが、林の先から砂浜に打ち寄せる波音が絶え間なく聞こえていた。

松林のなかに人影が集まっていた。総勢十二人。猪牙舟できた十四郎たち五人と、深沢以下七人の滝園藩士である。助八と佐吉は、近くの桟橋に舫った舟に残っていた。すでに、滝園藩士たちは戦いの装束に身をかためていた。深沢と武左衛門を除いた五人は、襷で小袖の袖を絞り、たっつけ袴に武者草鞋という扮装《いでたち》である。気が昂っているのか、いずれの顔も紅潮し、双眸がひかっていた。ただ、臆している者はいなかった。腕に覚えのある者たちを集めたのであろう。

泉之助とゆきも、戦いの装束に身をかためていた。泉之助は白鉢巻きをし、両袖を襷で絞っている。ゆきは羽織っていた着物を脱ぎ、白装束になっていた。足元は白脚半に草鞋履きである。

ふたりとも、すこし顔が蒼ざめていた。口をきつく結び、目をつり上げている。いよいよ敵討ちが目前に迫り、緊張しているようだ。

「隠居所の様子はどうだ」

深沢が国松に訊いた。

国松と島内は先着し、隠居所の様子を探っていたのだ。

「倉本以下七人、それに賄いの老夫婦がいるだけです」

国松が小声で言った。

「よし、踏み込もう」

深沢が声を上げた。

深沢の次に国松、島内、さらに三人の家臣がつづいた。しんがりが武左衛門である。

「おれたちも、行こう」

十四郎が言った。

板塀でかこわれた隠居所は、ひっそりとしていた。付近に人影はない。隠居所の先には、江戸湊の海原がひろがり、黒ずんだ海面に白い波頭が幾重にも折り重なるように見えていた。砂浜に打ち寄せる波の音が聞こえてくる。

十四郎たちは、深沢たちにつづいて朽ち落ちた板塀の隙間から敷地内に入った。

「わしらは、二手に」

深沢が足をとめて十四郎に言った。

すでに、深沢がふたりの家臣を連れて戸口をかため、家の正面にある庭先に武左衛門や国松など四人がまわることになっていた。

「おれたちは、庭へまわる」

十四郎は、倉本たちを庭へ呼び出して井川兄妹に敵を討たせる手筈になっていた。

「では」

深沢はふたりを連れ、戸口へむかった。逃走する者を捕らえるためである。むろん、抵抗すれば斬ることになる。

十四郎と武左衛門たち九人は、足音を忍ばせて庭へまわった。松や梅などの植木を配した庭は淡い暮色に染まり、人影はなかった。十四郎たちは植木の陰に身を隠しながら縁側に近付いた。

縁側の奥の障子のむこうから、かすかに人声が洩れてきた。十四郎たちの侵入には気付いていないようだ。複数の男の濁声にまじって、瀬戸物の触れ合うような音が聞こえた。酒でも飲んでいるのかもしれない。

「やつらを、外へおびき出します」

国松が声を殺して言い、島内とふたりで足音を立てないように縁側に上がった。

ミシリ、と音がした。ふたりの重みで縁側の板が軋《きし》んだのである。

その音で、障子のむこうの声がやんだ。瀬戸物の触れ合う音も聞こえない。座敷の男たちは、息をつめて外の気配をうかがっているようだ。

ガラリ、と国松と島内が障子をあけ放った。

六、七人の武士がいた。車座になって酒を飲んでいたらしい。武士たちはかたわらの刀を手にし、いっせいに立ち上がった。その拍子に、膝先の湯飲みや徳利などが畳に転がった。男たちのなかに、倉本、青木、持田の姿があった。十四郎は三人の顔を知らなかったが、倉本とは大川端で立ち合ったことがあり、その背丈や体軀から倉本であることは分かった。それに、泉之助とゆきは倉本の顔を知っていた。

三人の他に藩士らしい男が四人いた。ひとりは田島である。隠居所にいる七人が、この部屋に集まっていたらしい。

立っている。

「倉本！　父の敵」

縁先に立った泉之助が、甲走った声を上げた。その脇に、ゆきが目をつり上げて立っている。

「こしゃくな！　返り討ちにしてくれるわ」

倉本が大刀を手にして縁側に出てきた。青木、持田がつづき、他の四人の藩士は三人の肩越しに庭に目をやっている。

そのとき、戸口の方で引き戸をあける音がし、深沢の声につづいて何人かが踏込んでくる足音が聞こえた。深沢たちが戸口をかためたらしい。

「深沢たちの襲撃だ！」

座敷にいた田島が、ひき攣ったような声で叫んだ。

「こやつらを斬れ！」

倉本が叱咤するような声を上げた。

その声で、青木、持田が抜き放った。さすが、東軍流の手練《てだれ》である。倉本たち三人に、臆した様子はなかった。

倉本が縁先から庭に飛び下りた。青木、持田がつづく。田島たち四人も、縁先に出てきて刀を抜いた。いずれも殺気立った目をしている。血路をひらいて、逃げるつもりなのであろう。

「百地十四郎、井川兄妹に助太刀いたす」

十四郎が、倉本の前に立った。すかさず、泉之助が倉本の右手に、ゆきが左手にまわり込んだ。稽古のとおり動いたのである。

「やはり、うぬが出てきたか」

倉本が十四郎を見すえながら低い声で言った。面長で色の浅黒い男だった。細い双眸が、切っ先のようなひかりを放っている。

倉本につづいて青木が縁先に下りた。その青木には、波野が対峙した。波野も大川端で、青木と立ち合ったことがあったので、その大柄な体軀から青木と分かったのである。

「青木又十郎、決着をつけようぞ」

波野が切っ先を青木にむけてから下段に構えた。波野の顔が豹変していた。ふだんの柔和な表情が拭い取ったように消え、剣客らしい凄みのある顔に変わっていた。波野もひとりの剣客として、青木と対峙したのである。

「望むところだ」

青木は青眼に構え、切っ先を波野の喉元につけた。

一方、持田の前には伝海が立ちふさがった。伝海の大きな顔が紅潮して赭く染まっていた。大きな目が、猛虎のように爛々とひかっている。

「坊主、うぬも百獣屋の者か」

持田の顔に驚きの色があった。伝海の巨軀と異様な風貌のせいであろう。

「そうだ。きさまの名は」

伝海は金剛杖の先を持田にむけた。

「持田甚八。坊主だとて、容赦はせぬぞ」

言いざま、持田は切っ先を伝海の喉元につけた。

持田につづいて、田島たち四人が縁先から庭へ出た。その四人に国松たち四人が相対した。武左衛門も刀を手にして、小柄な藩士に切っ先をむけている。ただ、武左衛門は己の剣に自信がないらしく、すこし間を取り、逃げ腰になっていた。

そのとき、縁側の奥の座敷に深沢たち三人が、姿を見せた。おそらく、倉本たち七人が庭に出たことを察知して、座敷へ踏み込んできたのだろう。

「加勢しろ！」

深沢が声を上げた。

ふたりの藩士が国松たちに加勢すべく、庭へ飛び下りた。

戦いが始まった。気合、怒号、刀身のはじき合う音、地面を踏む音などがひびき、白刃がきらめき、男たちが激しく交差した。

2

十四郎と倉本の間合はおよそ三間。まだ、斬撃の間からは遠い。

十四郎はかかとを浮かせ、切っ先を倉本の目線につけてかすかに上下させた。北辰一刀流の鶺鴒の尾の構えである。

泉之助とゆきは、それぞれ右手と左手にまわり込み、三間ほどの間合を取って身構えた。泉之助は八相に、ゆきは懐剣を胸の前に構えている。ふたりの顔は蒼ざめ、切っ先が震えていた。腰も据わっていない。極度の緊張で、足が地に着いていないような感覚があるのだろう。

倉本は泉之助とゆきを無視しているように見えた。十四郎と対峙してすぐ、兄妹との間合を見るように視線を左右にやったが、その後は目をむけることもなかった。

青眼に構えた切っ先を、十四郎の喉元にぴたりとつけていた。腰の据わったどっしりとした構えである。微動だにしない。

数瞬、十四郎と倉本は対峙していたが、倉本が先に動いた。足裏を擦るようにしてすこしずつ間合を狭めてきた。身辺から痺れるような剣気を放っていた。剣尖でそのまま突いてくるような威圧がある。

——倉本の寄り身をとめねばならん。

十四郎は、倉本が斬撃の間境に迫る前に、泉之助たちに仕掛けさせようと思った。

突如、十四郎は一歩踏み込み、斬撃の気配を見せた。

と、倉本の寄り身がとまった。

さらに、十四郎が踏み込み、ピクッ、と切っ先を撥ね上げた。その瞬間、十四郎の動きと呼応するように、倉本の剣尖がわずかに浮いた。

刹那、泉之助がはじかれたように動いた。

キエエッ！

喉の裂けるような気合を発しざま疾走した。だが、稽古のときの泉之助とちがう。

顔がひき攣《つ》り、腰が引けている。極度の緊張で、体が硬くなっているのだ。

泉之助は、斬撃の間に踏み込むや否や八相から袈裟に斬り下ろした。いつものような鋭さがない。

瞬間、倉本の体が躍動した。身をひねりざま、青眼から掬い上げるように刀身を撥ね上げた。

キーン、という甲高い金属音がひびき、青火とともに泉之助の刀身が撥ね上がった。同時に、泉之助の体勢がくずれ、後ろへよろめいた。

そのときだった。倉本が刀身を撥ね上げたのを見て、ゆきが反応した。

「父上の敵！」

叫びざま、懐剣を胸のあたりに構えたまま突進した。そして、倉本の脇から懐剣を突き出したのだ。

だが、倉本はゆきの攻撃も読んでいた。さらに、反転しざま刀身を振り上げた。とそのとき、十四郎が裂帛の気合を発して踏み込んだ。

――ゆきが、斬られる！

と、感知したのだ。

咄嗟に、倉本は後ろへ跳びざま、袈裟に斬り下ろした。ゆきに一撃をくわえ、さらに十四郎の攻撃を避けようとしたのだ。素早い反応である。

ワッ、という悲鳴が、ゆきの口から洩れた。右の前腕の白い手甲が裂け、血の色が浮いた。倉本の切っ先が、ゆきの前腕をとらえたのだ。

だが、深手ではない。皮肉を裂かれただけのようだ。倉本が十四郎の斬撃を避けようとして後ろへ跳んだため、間合が遠くなったからである。

ゆきは恐怖に顔をゆがめて、後じさった。まだ、懐剣は手にしていたが、ワナワナと震えている。

「ゆき！」

泉之助が叫んだ。

ゆきが斬られたのを見て、泉之助の顔が豹変した。怒りと興奮で目がつり上がり、ひらいた口から牙のような歯が覗いている。泉之助から恐怖と怯えが消えていた。土壇場に追いつめられた者の必死の形相である。

──ふっ切れた！

と、十四郎は思った。妹の血を見た泉之助は、倉本に対する憎しみが恐怖を払拭したようである。

「泉之助、ゆき、構えろ！」

十四郎が叫んだ。

その声で、泉之助が八相に構え、ゆきが懐剣を胸の前で構えた。ゆきの顔にも悽愴さがあった。右手からは血が滴り落ちている。

十四郎はふたたび青眼に構え、切っ先をかすかに上下させた。

　このとき、波野は青木と一合し、ふたたび間合を取って下段に構えていた。青木は青眼である。波野の着物の肩先が切れ、肌に血の色があった。一方、青木の脇腹も血に染まっている。波野は下段から胴を払い、青木は袈裟に斬り込み、それぞれの切っ先が相手の肌を浅く裂いたのである。

「初手は互角か」

　青木が低い声で言った。頤《おとがい》の張ったいかつい顔が赭黒く染まり、双眸が猛々しいひかりを放っていた。

「そうかな」

　波野は互角とは思わなかった。わずかだが、波野の切っ先の方が深くとらえていたのである。あと一寸、波野の腕が伸びていれば、青木の腹は裂け、臓腑にとどいていたはずなのだ。

「次は、そっ首を落としてくれよう」

　言いざま、青木が間合をつめてきた。

　青眼に構えた切っ先が、波野の喉元にあてられている。だが、その切っ先がかすかに揺れていた。血を見た気の昂りと腹の傷の痛みで、体が硬くなっているのだ。

波野は動かなかった。気を鎮めて、青木の斬撃の起こりをとらえようとしていた。青木は一足一刀の間境の手前で寄り身をとめた。このまま斬撃の間境を越えるのは危険だと察知したのである。

ふたりは下段と青眼に構えたまま動きをとめた。全身に気勢を込め、斬撃の気配を見せたまま対峙していた。気の攻防である。

数瞬が過ぎた。

青木が焦れた。気の昂りと腹の傷の痛みが、青木から平常心を奪っていたのである。

つ、と青木の右の趾《あしゆび》が前に出、同時に剣尖がわずかに浮いた。次の瞬間、青木の全身から剣気が疾った。

イエエッ!

トオッ!

ふたりは同時に裂帛の気合を発しざま、体を躍らせた。

青木は青眼から袈裟へ。

ほぼ同時に、波野は下段から逆袈裟へ。

ふた筋の閃光が眼前で合致し、上下にはじき合った。

間髪をいれず、ふたりは二の太刀をふるった。

青木はふり上げざま、真っ向へ。波野は流れるような体捌きで脇へ跳びざま胴を払った。一瞬の攻防である。

青木の切っ先は空を切り、波野の払い胴は、深く青木の胴をえぐっていた。

次の瞬間、青木が、グッと喉のつまったような呻き声を上げて前に泳いだ。波野は前に走り、間を取ってから反転した。青木は数歩前に泳いでから、足をとめた。だが、つっ立ったままだった。腹が裂け、着物が血に染まり、傷口から臓腑が覗いている。

青眼に構えた波野の切っ先は、ピタリと青木の首筋につけられていた。残心《ざんしん》の構えを取ったのである。

青木は左手で腹を押さえ、蟇《ひき》の鳴くような呻き声を上げていたが、がっくりと地面に両膝を付いて前につっ伏した。なおも、起き上がろうとして首をもたげ、四肢を動かしている。

「とどめを刺してくれよう」

波野は青木の脇に身を寄せ、刀身を一閃させた。次の瞬間、青木の首根から血が音をたにぶい骨音がし、青木の首が前に落ちた。

てて飛び散った。

3

十四郎と倉本は、およそ三間の間合をとって対峙していた。倉本は青眼、十四郎も相青眼にとっていた。

倉本はなかなか仕掛けようとしなかった。泉之助とゆきの捨て身の気魄を感じとり、迂闊に仕掛けられなかったのである。

先に仕掛けたのは、十四郎だった。切っ先を小刻みに上下させながら、ジリジリと間合をせばめていく。どういうわけか、十四郎の寄り身に合わせて、泉之助も間合をつめ始めた。八相の構えはぎごちなかったが、一撃必殺の気魄がある。ゆきも泉之助と動きを合わせるように、すこしずつ間合をせばめだした。

十四郎、泉之助、ゆきの三人が、呼応し合うように倉本との間合をつめていく。

そのとき、倉本の切っ先がかすかに揺れた。三方からの攻撃に気が乱れたようだ。

その一瞬の隙を十四郎は見逃さなかった。

ピクッ、と剣尖を撥ね上げ、斬撃の気配を見せて一歩踏み込んだ。十四郎の誘いである。この誘いに倉本が乗った。

斬り込もうとして、体の重心を後ろ足にかけたのだ。その瞬間、剣尖がわずかに浮いた。刹那、泉之助が反応した。

するどい甲声を発し、八相に構えたまま疾走した。そして、倉本との斬撃の間境に迫るや否や、袈裟に斬り込んだ。

気魄のこもった捨て身の一撃だった。

この斬撃を読んでいた倉本は、体をひねりながら刀身を逆袈裟に撥ね上げた。

ふたりの刀身が激しく合致し、青火を散らして上下に跳ねた。

次の瞬間、勢い余った泉之助は、右手へつっ込むように泳いだ。

同時に倉本の体勢もくずれ、左手によろめいた。泉之助の渾身の一刀に押されたのである。

と、そのとき、ゆきが懐剣を構え、ひき攣ったような顔で猛然と倉本につっ込んでいった。倉本はゆきの一撃をかわす間がなかった。ゆきの懐剣の切っ先が、倉本の左の二の腕を引き裂いた。咄嗟に倉本が体をひねったために、ゆきの突き出した懐剣がそれて、左腕をとらえたのだ。

だが、二の腕の傷は浅くなかった。肉が深くえぐられ、血が噴いた。

「おのれ！　小娘」

叫びざま、倉本が刀を振り上げ、ゆきに斬りつけたようとした。

すかさず、十四郎が飛び込み、刀身を横に払って振り上げた倉本の刀をはじいた。

神速の太刀捌きである。

「泉之助、討て！」

十四郎が叫んだ。

その声で、泉之助が踏み込み、袈裟に斬り下ろした。

ザクッ、と倉本の首根が裂けた。次の瞬間、その傷口から血が驟雨のように飛び散った。袈裟に斬り下ろした泉之助の切っ先が、倉本の首根をとらえたのだ。

倉本が血飛沫を散らしながらよろめいた。

「父の敵！」

ゆきが叫びざま踏み込み、倉本の胸に懐剣を突き刺した。

倉本は低い呻き声を洩らし、右手に刀を持ったままつっ立った。ゆきも倉本に体を寄せたまま蒼ざめた顔で立っている。

ふたりは立ったまま動かなかった。倉本の首根から飛び散った血が、ゆきの白装束を赤い斑《まだら》に染めていく。それは、ゆきを赤い花でつつんでいくように見えた。

そのとき、倉本の体がぐらっと揺れ、そのまま腰から沈み込むように倒れた。地面に仰臥した倉本は動かなかった。呻き声も洩れてこない。首筋から地面に血の滴り落ちる音だけが聞こえた。

「ゆき！」

泉之助がゆきのそばに走り寄った。

「あ、兄上、父の敵を討ちました」

ゆきが声をつまらせた。

「そうだ。ふたりで父の敵を討ったのだ」

泉之助が、ゆきの血にまみれた手を取って声を上げた。

十四郎はふたりに歩を寄せ、

「よくやったな」

と、声をかけてやった。十四郎も満足だった。倉本との戦いのなかで十四郎が手を出せば、倉本を斬る機は何度かあった。だが、あえて十四郎は手を出さなかった。なんとか、井川兄妹の手で倉本を討たせたかったのである。

十四郎は、敵討ちを通して、泉之助が武士としてこれからも生きていけるように自信を持たせてやりたかったのだ。それが、御助人の本領でもある。

「お師匠のお蔭です」

泉之助が言うと、ゆきも声を震わせて十四郎と波野に礼を言い、ふたりそろって深々と頭を下げた。

4

十四郎は波野に目を転じた。すでに、波野と青木の勝負は決していた。青木は庭の隅に倒れ、血まみれになっていた。波野は国松と島内たちに味方して、敵側の藩士に切っ先をむけている。

十四郎は伝海に目をやった。伝海と持田との戦いはまだ終わっていなかった。伝海は金剛杖を手にして、持田と相対している。

伝海の半顔に血の色があった。筒袖の左の肩先が裂けて、鎖帷子があらわになっている。持田の切っ先をあびたらしい。

十四郎は伝海のそばに走った。助太刀しようと思ったのである。

「百地どの、敵を討ったのか」

伝海が持田との間を取ってから十四郎に訊いた。

「井川兄妹が、みごと倉本を討ち取ったよ」

「それはよかった」

「伝海、助太刀するぞ」

「いらぬことだ。御助人が助けられては、笑い者ではないか」

伝海は、さァ、いくぞ！　と声を上げ、金剛杖を身構えた。持田にむけられた伝海の大きな目が、猛虎のように爛々とかがやいている。

——ここは、伝海にまかせよう。

と十四郎は思い、身を引いた。

そのとき、伝海が仕掛けた。獣の咆哮《ほうこう》のような声を上げ、金剛杖を振り上げて一気に持田に走り寄った。

気攻めも牽制もなかった。伝海は突進しざま、金剛杖を持田の頭上へたたきつけるように振り下ろした。岩をも割るような強打である。

オオッ、と声を上げ、持田が刀身を振り上げて金剛杖を払った。持田も東軍流の遣い手である。一瞬の迅速な太刀捌きであった。

金剛杖がはじかれた。だが、持田の体勢がくずれてよろめいた。伝海の強打に腰がくずれたのだ。

「もらった！」

叫びざま、伝海が金剛杖を振り下ろした。

ほぼ同時に、体勢をたてなおした持田が袈裟に斬り込んだ。

金剛杖と刀身が唸りをあげて虚空で交差した次の瞬間、壺を割るような骨音と鎖帷子を打つにぶい金属音がひびいた。

金剛杖が持田の頭にめり込んでいる。柘榴《ざくろ》のように割れた持田の頭から、血と脳《のう》漿《しょう》が飛び散った。血まみれになった顔から、見開いた目が白く飛び出ている。持田の切っ先は、伝海の肩口の鎖帷子を打っただけだった。持田の体が揺れ、その場に腰から沈み込むように倒れた。地面に伏した持田の四肢がかすかに痙攣していたが、悲鳴も呻き声も聞こえなかった。即死である。持田の頭部から滴り落ちた血が地面を打っている。その音が妙に生々しく聞こえた。

伝海が顔にかかった返り血を手の甲でぬぐいながら、ニタリと笑った。なんとも凄まじい男である。

すでに戦いの大勢は決していた。敵側の藩士で、刀を構えて抵抗しているのはふたりだけだった。田島も斬られたらしい。ひとりは、小柄な男で国松たち三人に取りかこまれていた。もうひとりは中背で、すこし猫背の男だった。この男は肩口を斬られ、上半身が血に染まっている。島内と波野が切っ先をむけていたが、すでに戦意を失っているらしく、庭の梅の木を背にして刀身を下げていた。

十四郎は、助太刀はいらないと思い、庭の隅に立っている深沢のそばに身を寄せた。

そのとき、深沢が、

「高橋と小寺《おでら》は、斬るな」

と、国松たちに命じた。捕らえて、吟味するつもりなのだろう。

その声で、梅の木を背にしていた中背の男が、手にした刀を落とし、その場に沈み込むように尻餅をついた。後で分かったことだが、この男が小寺だった。もうひとりの小柄な男が高橋である。

小寺に島内が近寄り、ふところから細引を取り出して縄をかけた。小寺はまったく抵抗しなかったが、島内は小寺に自害させないように縛ったようである。

国松たちに取りかこまれていた高橋も投降した。高橋にも国松たちの手で縄がかけられた。

「百地どの、お蔭で倉本たちを討ちとることができた。礼をもうし上げる」

深沢は十四郎に頭を下げた。

戦いは終わった。首尾は上々だった。井川兄妹の手でみごと倉本を討ち、青木、持田、田島、手塚の四人を斬った。それに、高橋と小寺を捕らえることができた。ふたりを吟味すれば、江戸における村越たちの不正をあばくこともできるだろう。深沢たちと井川兄妹はこの場から愛宕下の上屋敷に行くことになった。敵討ちを果たし、胸を張って藩邸へ入ることができるのだ。

「おれたちは、これで」

十四郎、波野、伝海の三人は、百獣屋へもどることにした。桟橋で、助八と佐吉が待っているはずである。

隠居所の庭は、淡い夜陰につつまれていた。上空には星のまたたきが見えた。風のない静かな宵で砂浜に打ち寄せる波の音だけが、絶え間なくひびいている。

5

階段をせわしそうに駆け上がる音がした。おはるらしい。

十四郎は夜具から身を起こした。いっとき前、目覚めていたのだが、起きるのが面倒だったので横になっていたのである。

五ツ(午前八時)を過ぎていようか。障子には強い陽射しが映じていた。

「十四郎さま、起きてますか」

おはるが、障子のむこうで声をかけた。

「おお、起きてるぞ」

十四郎は立ち上がった。

「来てますよ、おふたりで」

おはるが、すこし声をひそめて言った。

「だれだ」

「井川さまご兄妹ですよ」

「何の用かな」

十四郎は、いそいで寝間着を脱いだ。

高輪の隠居所を襲撃し、倉本たちを討って二月《ふたつき》ほど過ぎていた。この間、井川兄妹は滝園藩の上屋敷にとどまり、百獣屋には二度顔を出し、その後の藩内の動向を十四郎に話していた。

それによると、倉本たち三人が討たれたことで、これまで佐原と距離を置いていた江戸藩邸の重臣たちの何人かが村越から離れ、佐原に与するようになったという。さらに、藩邸内に連行された高橋と小寺、さらに隠居所にいなかった土屋久之助の身柄も押さえ、三人の吟味から、倉本たちが村越の命で兇刃をふるっていたことが明らかになり、若い藩士の多くが佐原派についたそうだ。

ただ、国許にいる藩主の恭茂からの特別な沙汰はなく、依然として村越は次席家老、山城源左衛門の意を受けて佐原派に敵対しているという。

また、百獣屋で監禁していた前田屋の伊勢吉は、ひそかに国松と島内に吟味を受け口書きを取られた上で、放免された。ただ、伊勢吉は前田屋にはもどらなかった。いや、もどれなかったのである。十四郎たちに倉本たちの隠れ家を白状し、さらに国松たちに村越と前田屋の癒着を話したことで、前田屋にはもどれなくなったのである。伊勢吉の実家は草加の在にあり、とりあえずそこへ帰るということだった。

「何をしてるのよ。早く！　ご兄妹は、下で待ってるんだから」

おはるが苛立ったような声で言った。

「待て、すぐ行く」

十四郎は、衣桁にかけてあった袴をはいて廊下に出た。

おはるにつづいて、十四郎は階段を下りた。百獣屋の店先に、数人の人影があった。泉之助とゆきを取りかこむように、茂十、助八、泉吉が立っている。

泉之助とゆきは、旅装束だった。泉之助は打飼《うちがい》を腰に巻き、笠を手にし、手甲をつけ、脚半で足元をかためていた。ゆきも手甲脚半姿で、手には笠と息杖を持っている。

「江戸を発つのか」

十四郎が訊いた。

「はい、家督を継ぐお許しが出たので、国許へ帰ることになりました。これもみなお師匠さまたちのお蔭です。このご恩は終生忘れませぬ」

泉之助が頭を下げると、脇に立っていたゆきが、波野さまにもお礼を申し上げてきました、と言い添えた。どうやら、ふたりは長次郎店に立ち寄り、波野に会ってからここへ来たらしい。

「帰参がかなって、よかったな」

十四郎も、ほっとした。

「国許で、父と同じ勘定吟味役として出仕することになりました」

泉之助が言った。その声には、毅然としたひびきがあった。目にも男らしいひかりが宿っている。泉之助の顔付きには、初めて見たときのようなひ弱さはなかった。武士らしい逞《たくま》しさが感じられる。倉本を討ったことで、一段と成長したようである。

「そうか。すると、国許の山城と前田屋の不正をあばく目途が立ったのだな」

父親の弥三郎は山城と前田屋の癒着と不正を調べていて、倉本に暗殺されたのである。その弥三郎の勘定吟味役としての調査が認められたからこそ、泉之助が父親と同じ役職に出仕することがかなったのであろう、と十四郎は思ったのだ。

「はい、国松どのたちが、前田屋から国許の山城に不正な金が渡っていたことを調べ上げたのです」

佐原の意を受けた国松たち目付筋の者が、伊勢吉や捕らえた高橋と小寺の供述を元に前田屋に踏み込んで調べ、不正な金の流れを証拠立てる帳簿類、請書、約定書などを手に入れた。加えて、伊勢吉の口書きと高橋たちの口上書もあるという。

それらによると、三年にわたる国許の横瀬川の治水工事で、これまでに一万五千両もの大金を費やしていたが、前田屋は工事の費用を上積みして藩に請求し、浮いた金を山城へ賄賂《まいない》として渡していたそうである。

山城は前田屋から渡った金を使って重臣たちを籠絡《ろうらく》し、藩主の寵愛をいいことに藩政を思うように動かしていたという。

「父が、国許で探索していた山城たちの不正を裏付け、証拠だてる書状がそろいましたので、深沢さまが直々に国許へ帰られ、殿に訴えたのでございます。それで、殿もやっと山城を詮議する気になられたようです」

現在、国許の山城と江戸の村越は謹慎しているという。また、山城派に与した家臣も謹慎したり、隠居願いを出している者が多いそうである。

「いずれ、殿から山城と村越には、相応の沙汰がくだされるはずでございます」

泉之助は山城と村越を呼び捨てていた。それだけ、ふたりに対する憎しみが強いのだろう。

「ところで、前田屋はどうなるのだ」

今度の騒動の片棒を担いだのは、前田屋である。滝園藩の家臣ではないが、前田屋にも相応の処罰が下されて当然であろう。

「領内の店にかぎりますが、追放の上闕所《けっしょ》ということになりそうです」

闕所は、財産を没収する刑である。前田屋は、滝園藩内にある店が本店で、江戸の店は支店だった。領内の店の主人が追放の上に闕所ということになれば、当然江戸の店もたちゆかなくなるはずである。

「厳しい仕置だな」

思ったより、厳罰だった。おそらく、山城との不正にくわえ倉本たち刺客をかくまって家臣の暗殺に手を貸したことが咎められたのであろう。

「山城と村越にも、厳しい沙汰がくだされるはずです」

泉之助が顔をけわしくして言った。

「そうか」

おそらく、ふたりは切腹ということになるだろう。

それから、泉之助とゆきは茂十や助八たちにあらためて礼を言ってから、きびすを返した。

ふたりを取りかこむようにして、十四郎、助八、おはる、泉吉の四人が、表通りまで見送りに出た。助八たちが、気をつけろよ、達者でな、江戸に来たら店によってね、などとしきりに声をかけ、別れを惜しんだ。

「いつか、また江戸へ参ります」

そう言い残して、泉之助とゆきは歩きだした。

ふたりの後ろ姿がしだいに遠ざかり、やがて、駒形堂の手前を左手にまがって見えなくなった。

すると、おはるが見送っていた十四郎に身を寄せ、

「十四郎さま、あたし、お願いがあるんです」

と、声をひそめて言った。

「なんだ」

「あたしにも、剣術を指南してください」

「なに、剣術だと」

十四郎は、驚いて訊き返した。

「ええ、泉之助さまやゆきさまに、指南してたんでしょう。あたしも剣術を習いたいの」

おはるが、目をひからせて言った。

「そ、そんなことをしたら、茂十に追い出される」

茂十は、おはるを目に入れても痛くないほど可愛がっていた。しかも、おはるは剣術などに縁のない町娘である。そのおはるに剣術など教えたら、百獣屋にはいられなくなるだろう。

「おとっつァんには、内緒にするから」

おはるは、十四郎の袖をつかんだ。

「だ、駄目だ！」

十四郎はおはるの手を振り払うと、慌てて駆けだした。

背後から、待ってよ、というおはるの声と、助八と泉吉のはじけるような笑い声が聞こえてきた。

ももんじや　御助宿控帳《おたすけやどひかえちょう》　朝日文庫

2009年7月30日　第1刷発行

著　者　鳥羽《とば》　亮《りょう》

発行者　矢部万紀子
発行所　朝日新聞出版
〒104-8011　東京都中央区築地5-3-2
電話　03-5541-8832（編集）
03-5540-7793（販売）
印刷製本　大日本印刷株式会社

ISBN978-4-02-264508-1

池波　正太郎
池波正太郎エッセイ・シリーズ5
芝居と映画と人生と

人生の達人が愛した名画・名優・名舞台への熱い想いや人生模様を描く。初収録エッセイも追加。〔巻末対談・池内紀×重金敦之〕

池波　正太郎
新装版　池波正太郎エッセイ・シリーズ6
食卓のつぶやき

古今東西の味と人をめぐるおいしい話の数々を味わい深く描くロングセラーエッセイの新装版。〔巻末対談・川本三郎×重金敦之〕

池波　正太郎
池波正太郎エッセイ・シリーズ7
ルノワールの家

インドネシア、フランス、スペインなど、変わりゆく風景への親愛と惜別の想いを描いた画文集。〔巻末対談・落合恵子×重金敦之〕

秋山　駿
信長発見

石原慎太郎、津本陽、宮城谷昌光氏らと、筆者が〝真の信長像〟について語り合った歴史対談＆評論集。〔解説・安部龍太郎〕

津本　陽
風流武辺《ふうりゅうぶへん》

戦国動乱期を生き、茶の湯を極めた〝武将茶人〟上田宗箇。その鬼神のごとき生涯を描く長編歴史小説。〔解説・上田宗嗣〕

宮城谷　昌光
沙中の回廊（上）（下）

古代中国・春秋時代——。晋の名君・重耳に見いだされ、宰相にまで上りつめた士会の生涯を描く歴史巨編。〔解説・磯貝勝太郎〕

吉屋 信子
徳川の夫人たち（上）（下）
春日局に疎まれながらも、三代将軍家光の寵愛を一身にうけたお万の方の生涯。
〔解説・若城希伊子〕

司馬 遼太郎
春灯雑記
日本の将来像、ふれあった人々との思い出……著者独特の深遠な視点が生かされた長編随筆集。

司馬 遼太郎
宮本武蔵
剣の道を究めながらも、「軍学者」としての仕官を果たせなかった稀代の剣客・武蔵。その自負と屈託を描き出す。

堀田 善衞／司馬 遼太郎／宮崎 駿
時代の風音
二〇世紀とはどんな時代だったのか。世界的視野から日本を見つめる三氏が語る「未来への教科書」。

朝日新聞社 編
司馬遼太郎の遺産「街道をゆく」
人間・司馬遼太郎の魅力とそのライフワークとなった「街道をゆく」の面白さを、二六人の筆者が語る。

週刊朝日編集部 編
司馬遼太郎からの手紙（上）（下）
司馬遼太郎が遺した手紙を通して多くの土地や人々との交歓をふり返る。著者の人間味あふれる素顔がうかがえる書簡集。